少女は卒業しない

朝井リョウ

JN178053

集英社文庫

少女は卒業しない　目次

少女は卒業しない

エンドロールが始まる

伸ばした小指のつめはきっと、春のさきっぽにもうすぐ届く。つめたいガラス窓の向こうでは風が強く吹いていて、葉が揺れるのを見ているだけでからだが寒くなる。もう三月も終わりなのに、朝と夜は手足がつめたい。こんなにも真っ暗でつめたい世界が数時間後にはぴかぴかな朝になるなんて、私は未《いま》だに信じられない。

髪の毛にタオルをかぶせて、指の腹でトントンとマッサージをする。こうしたら髪の毛が早く伸びるって陽子《ようこ》が言っていたのを信じて、毎日続けている。ようやくひとつにまとめて左側の肩から下ろしてもおかしくない長さになった黒髪を、念入りにブローする。首を少し傾けて、流れる髪の毛の間に指を通すと、そこに絡まっていた私の幼い部分がちょっとずつちょっとずつ取れていく気がした。

今日はいつもより早めに寝よう。あした着る制服と、三年間使ったカバンと、髪をまとめるピンクのシュシュを並べてベッドの傍《そば》に置いておく。去年、ショートカットの髪の毛が伸びたら使おうと思って買ったシュシュ。定期的に何度も洗って、そのたびにきれいになる生命力にわくわくした。何度握ってもぶわりと蘇《よみがえ》るけなげなたくましさと、大きな花のようなその形がかわいかったから、髪の毛を伸ばしている期間は右腕にシュシュを付けていた。授業中に何度も触って、そのたびに頭皮を指の腹でトントンとした。

カーテンを少し開けると、ガラス窓に映った自分と目が合う。ショートカットだった髪の毛は、やっと、胸のあたりまで伸びた。毎日顔を合わせているクラスメイトや家族は、私がかつてショートカットだったことなんて忘れているみたいだ。初めてコテで髪の毛を巻いて登校した日にやっと、「そういえば昔、ショートだったよね？」と陽子が髪の毛を触ってきた。と思ったら眉をひそめて言った。「……下手、今度あたしが教えてあげるから」

初めて使ったコテは、思うようにいかなかった。頭の中には、絵に描けるくらいはっきりと理想の形が浮かんでいるのに、どうしたらその髪型を作れるのかわからなかった。せっかくここまで伸びたのに、と、落ち込んだことさえ懐かしい。

あの写真を見たのはたった一度、ほんの一瞬だったけれど、それでもはっきりと、覚えている。自分で巻いてみた髪の毛の形がそうではないとわかるくらいには、覚えている。

あした卒業式をする高校なんて、私たちの高校くらいかもしれない。もう国立大学の後期入試も終わっているから、卒業生の進路はみんな決まっている。国立大学に進学するひと、私立大学に入学するひと、専門学校に行くひと、就職するひと、なにも決まっていないということだけが決まっているひと。数え切れないほどに枝分かれしているいくつもの道にはじめの一歩を踏み出すため、私たちは制服を脱いで、靴を履き替えて、髪の毛を整えるのだ。

ふつう高校の卒業式は、三月のはじめに行われる。国立大学の合格発表よりも式の方が早いから、去年までの先輩たちは卒業式どころじゃないといった表情をしていた。在校生の場合は、まだ次の日からも平常授業があるのに卒業式だなんて、と、こちらはこちらで気持ちが盛り上がらなかった。

だけど今年は違う。あした、金曜日、三月二十五日が卒業式だ。在校生も卒業生といっしょに、この高校に別れを告げることになる。

去年の夏、私たちが卒業する代で、この高校がなくなることを知らされた。確かにここは都会ではないけれども、廃校になるほど生徒がいないわけでもない。親から聞いた話によると、いわゆる合併というやつらしい。合併、統廃合、私立大の付属になる、なんていろんな言葉を聞いたけれど、結局確かなのは、この春でこの高校は取り壊されてしまうということだ。様々なことが、あっという間に決まっていった。残された在校生は、隣の市の大きな大きな高校に通うこと。全校生徒を対象にして行われたアンケートの結果、今年は、取り壊しの工事が始まる前日の三月二十五日に、卒業式が行われること。

カーテンを閉めて、目覚まし時計をいつもより四十分早くセットする。親指とひとさし指で小さなねじをつまんで、ていねいに回す。自分で時計の針を動かすのって、やってはいけないことをしているようで、少し気持ち悪い。

卒業式をどうするか話し合っているときは、クラスのみんなも不思議なほど感傷的になっていて、陽子なんかは三月二十五日が卒業式じゃないと出席しない、とまで言い出した。だけど、先生が「この日に卒業式があるということで、三年生もこの日まで高校生です。よって三年生は、この高校の生徒であるという自覚を持ち続けてください」というなんとも遠回しな声明によって「卒業式は黒髪で参加」という規則を掲げたときは、女子生徒から続々とブーイングが起きた。

髪の毛すぐ染めるつもりだったのに！　と、早々と推薦で東京の私立大学に進路を決めていた陽子はくちびるをとがらせた。美容関係の専門学校に行く佳織《かおり》は、ピアスはいいのかな？　と私に訊《き》いてきた。ピアスもたぶんダメでしょ、と答えると、つまらなさそうに耳たぶを触っていた。いわゆる、日本の中で最難関の大学に前期入試で受かった生徒会長の田所《たどころ》くんは、むしろみんなで黒染めするか、と冗談めかして言っていた。進路のわからないバンドマンの森崎《もりさき》くんは、卒業式にやるというライブに向けて、長い前髪をすでにほんのり茶色に染めていた。

みんながどうしてそんなにも髪の毛の色を変えたがるのか、私にはよくわからなかった。せめてあしたまで、私にはこの黒髪が必要だった。

卒業アルバムや文集を入れるためにからっぽにした学生カバンから、文庫本を一冊取り出す。勇気と時間をたっぷりとかけてこの本を好きだと聞きだしたのに、結局今日までに、読み切ることはできなかった。文庫本なのに千円近くするこの本は、とても分厚い。

国立大学を志望する生徒が迫りくる前期試験に震えていたころ、図書室の本は見る見るうちに減っていった。合併先の高校に、本も移動することになったという。本がなくなってしまえば、受験を終えた私は図書室に通う意味がなくなってしまう。本棚がどんどんからっぽになっていく図書室の中で、私は、聞いたことのない海外の作家が書いたノンフィクションのような小説を読み続けた。

生徒会長の田所くんは、その本を読んだことがあると言っていた。「確か、二十年くらい前のイギリスの小説だよ。ちょっと難しかった気がするけど……そういうの好きなの？」私は、うん、とうなずいた。「これから好きになるの」

その小説のタイトルを聞きだせたころには、図書室の本はほとんどなくなってしまっていて、その小説ももう合併先の高校の図書室で素知らぬ顔をしているらしかった。どうしよう、と思っていると、先生はカバンの中から一冊の文庫本を取り出して言った。

「もうここにはないので、僕の家にあるものを持ってきました」すごく分厚いな、と思った。重いのに持ってきてくれたんだな、とも思った。

先生の声は、冬の昼間の光のようにまんまるで、目を細めてしまうほどにやさしい。私の周りは、国立大学の入試に向けて、自習室として図書室を利用している生徒ばかりだった。私立に進路を決めた生徒はもう、ほとんど学校に来てもいない時期、私はひとり図書室で理解できない小説を読んでいた。何だこいつ、という目線が全くなかったわけではないけれど、図書室のライトに照らされたページの余白は、いつだってとてもやさしく光っていた。

「作田《さくた》さん、返却期限、また過ぎてますね」

先生との会話は、この言葉で始まることが多かった。作田さん、と私の名を呼ぶ先生の声は、色でいうと水色だ。乗っている自転車や、あのとき差し出してくれた傘の色が水色だったから、そう思うのかもしれない。厚みのあるやさしい声は、いつだって私の心臓を、そこに根を張る血管ごと、いとも簡単にごっそり掬《すく》いあげてしまう。

私はいつも二週間では本を読み切ることができず、返却期限切れの常習犯だった。でもこの文庫本の返却期限は、二週間ではない。あしたまでだ。

秘密のどうくつのようにつめたい布団の中にもぐりこんで、眠れるまで本を読むのが、いつのまにか毎夜の日課になった。指の腹に当たる紙の感触が気持ちいい。さっき、いつもより四十分早くセットした目覚まし時計を枕元に置いておく。本を持つ両腕を白い天井に向かってまっすぐに伸ばすと、袖口から夜のつめたい空気が入り込んでくる。

　イギリスの小説なんて読んだことないけれど、がんばって読む。頭のいい田所くんがちょっと難しいなんて言っていたけれど、がんばって読む。正直、何が書いてあるかなんてよくわからないけれど、がんばって読む。ぺろんと垂れる袖を指で押さえながら、そこから侵入してこようとするつめたい空気を防ぎながら。

　うとうとしながら、私は、昨日のうちに勇気を出しておいてよかった、と思った。あしたは卒業式。服装検査やカラー、パーマ禁止から解放される日。寄せ書きをして、写真をたくさん撮る日。みんなにとってはそうかもしれない。

　私にとってのあしたは、この本の返却日だ。結局最後まで読み切れそうにないけれど、それでも、絶対に返さなくちゃいけない。返却期限は、もう延ばせない。

◆

　入学したころに比べて、ずいぶん水量が少なくなってしまった川にかかる橋は、生徒たちの待ち合わせスポットになっている。どの方向から通う生徒も、この大きな橋は絶対に通る。

「僕のほうが早かったですね」

先生は水色の自転車を止めて、サドルにもたれるようにして立っていた。長くも短くもない黒髪は、今日もぬかりなくきれいに整えられている。先生はいつもとても静かに話す。図書室で話していたとしても邪魔にならないくらいの声量で。

「おはようございます」

私がそう言うと、先生は「おはようございます」と軽く会釈した。卒業式だからだろう、見慣れないスーツを着ている。遠くからその姿を確認しただけで、私はやっぱり立ちすくんでしまうような気持ちになった。すてきな絵を見ているみたいだ、と思った。四角い額縁で私の視界をきれいに切り取ることができれば、卒業式の朝のにおいも温度も気持ちもそのままに、ずっとずっと保存しておけるかもしれない。

ちょっと二度寝してしまって、と言い訳をする私に、学校の先生を誘っておいて二度寝をするなんてね……、と先生はわざとらしくこぶしを握り締めた。すみませんすみません、と私が笑いながら謝ると、先生は満足したようにうなずいて、じゃあ行きましょう、と自転車のスタンドを外した。

今日が一番、うまくできた。強い風が吹きませんように、と心の中で祈る。

いつもより四十分早いだけで、朝の世界は表情を変える。まだすこしだけ、昨日の空気が溶け込んでいるような、まだ今日の準備が完了していないような。あわてて幕が上がってしまったから、昨日の名残《なご》りがちゃんと片付けられていない。

そんな世界の上を、むりやり着たようなスーツと、校則をひとつも破っていない制服姿で歩く。今日が卒業式だなんて、やっぱりそんなのうそみたいだ。

カバンの底で、文庫本が動いた。

「まだまだ朝は寒いですね」

「そうですね、まだ三月ですし」

先生は夏でも長袖を着ているから、きっと寒がりなんだろう。

「それでも女子って、どうにかして少しでもスカート短くしようと挑みますよね。たくましすぎません？」

僕なんてこの時期まで、中にタイツ穿《は》いてますよ。ヒートテックの。先生はそう言うと、スーツの裾をひょいと上げて見せた。靴下の上に黒いタイツが覆いかぶさっていて、そこだけすこし太くなっている。

「足って、出せば出すほど細くなるんですよ。人に見られるから」

「女子ですねえ」

女子ですけど、と背筋を伸ばしたまま答えると、先生は私の左肩あたりに視線を落とす。

「二度寝して遅刻しそうになったのに、髪型はちゃんとしてますね」

先生は私の右側にいる。どうせなら、左側から見てほしかった。

「だって今日は卒業式ですから」

ちょっとくらい遅れようが髪の毛のほうが大切です。毅然《きぜん》とした態度でそう言い切る私に、そうですか、と先生はあきらめたように言った。女子ですねえ、という顔をしている。

本当は二度寝なんかしていない。いつもよりていねいに、陽子が教えてくれたいくつかのコツを思い出しながら、左側にまとめた髪を巻いていただけだ。巻き方、外側内側とかそっから教えなきゃいけないの？　とあのとき陽子はちょっとめんどくさそうにしていたけれど、お願い、と頼み込む私の真剣さが勝った。

「先生も慣れないスーツなんか着ちゃって」

ネクタイ曲がってますけど、と私が鎖骨のあたりを指さすと、え、ほんとに？　と先生は少し驚いたような声を出す。

私より太い首に、小さな山脈のような喉ぼとけがある。話すたびにそれはぽこぽこと少しずつ動く。袖から覗《のぞ》く手の甲は、私より骨ばっていて、触ってみたいと思うし、触られてみたいとも思う。男子ですねえ、と心の中でつぶやいてみる。

春の太陽に照らされた私と先生の影は、きれいに並行したまま、まっすぐに動く。このまま、影が橋の上に焼き付いてしまえばいいのに、と思った瞬間、少し強い風が吹いた。私は顔の向きを少し変えて、私の左側をさりげなく守る。

私が身振り手振りをつけることによってたまに重なる影は、手をつないだり、腕を組んだりしているようにも見えるときがある。絶対に私ができないことを、のっぺらぼうの私はいともかんたんにこなしてしまう。

「今日、卒業式なんですよね」

実感わかないですよね、と私は続ける。長い橋の上で、私以外に制服姿は見当たらない。

「作田さんは卒業後の進路、どんなでしたっけ？」

「京都の女子大です。念願のひとり暮らしですよ」

きょーと、と、先生は小さく繰り返した。「まさか京都大学だとは」「そんなわけないでしょ、私立ですよ」でも田所くんなんて東京大学ですよ、と付け加えると、先生は「若いっていいですね」なんて、すこしずれたことを言った。私に向けるでもなく、これからなんでもできますね、とも言った。なんだかそんなせりふを言ってしまうことは、悲しいことなんじゃないかと私は思った。

「先生、大学時代ひとり暮らしでした？」

「そうでしたよ。もう二度とユニットバスのところには住みたくないですね」

「あれホテルみたいでかっこいいじゃないですか」

「そのせりふ、すぐに撤回したくなりますよ……ところでさっきいきなり出てきた田所くんって誰ですか？」

すっかり乾いてしまった石の表面を少しでも潤すために、水は橋の下を流れているように見える。水面に映った空の雲も、もう過ぎてしまった冬も、私が制服を着た高校生だったということも、春の川に溶けてどこかへと流れていってしまう。そんなふうにして、すぐに私も、若いっていいですね、これからなんでもできますね、なんてことを言ってしまうようになるのかもしれない。

いつもはこの橋を歩いていると、何人かの生徒に後ろから抜かれるけれど、今日は誰にも追い抜かれない。

「あ、田所くんって答辞読む子でしたね」

「思い出すの遅いですよ、生徒会長もやってたのに」私が笑うと、僕は金曜日に図書室によく来る生徒くらいしか覚えてないですから、と、真面目な顔で先生は答えた。

「作田さんみたいに」

そう付け加えられたとき、私は上手に反応できなかった。先生と話しているとこうして、言葉が見つからなくなる瞬間がある。

作田さん、作田さん。先生の口から私の名前がこぼれると、さくた、という音がとても美しい響きに聞こえるから、不思議だ。

　高校が見えてくる。いつもと同じ校舎のシルエットに、安心する。あしたからこの場所に通わなくなってしまうことが、やっぱり、どうしてもまだ信じられない。

「……高校、なくなっちゃうんですよね」

　私がそう言うと、先生は、つまんだ砂をぱらぱらと落とすように声をこぼした。

「それ、ほんとうなんですかね」

「そんな、先生がいまさら何を」

「僕は大学卒業してから五年間、ずっとこの高校でしたから」

　僕だって信じられないんです、と、先生は校舎を見つめた。

「学校が変わっちゃう在校生や先生たちと、いっしょに卒業しちゃう作田さんたちって、どっちがかわいそうなんでしょうね」

「たぶん残されるほうですよ。私たちは、ちょっとずるいのかも」

「ずるい？」

「だって卒業式の次の日に取り壊しが始まるなんて、話がきれいすぎるっていうか。私たちは何の後片付けもせずに、バイバーイって去っていくわけですから」

　よくわかんないですけど、と私は語尾をぼやかす。

　だけどたぶん、その中でもいちばんかわいそうなのは先生だ。先生は、あの図書室にいるときがいちばんすてきだから。

そして、いちばんずるいのは私だ。この本を今日まで返さなかった、私。

もう今はほとんど使われていない、古ぼけた東棟が見えてくる。私たちの高校は、中庭を囲むように四つの棟がある。主に教室などがある北棟、職員室や理科室などの特別教室、そして図書室のある南棟。体育館や部室などがある西棟、そして十年以上前に使われなくなってしまった東棟。東棟は原則、生徒の立ち入りが禁止されている。

生徒が東棟に立ち入ってもいいのは、その中にある古い書庫に用があるときだけだ。図書室には置いていない古い文献や資料は、東棟の書庫に収められている。だけど、東棟の屋上には、真夜中に幽霊が出るといううわさがあるから、みんなあんまり近寄りたがらない。

背伸びをするように、空へ伸びている東棟。この橋から見える壁面はH組の生徒が描いた壁画で彩られていて、とても華やかだ。男女が手を差し伸べあいながら向かい合っている絵の前は、生徒たちの間では告白スポットとして有名だ。

橋を渡り終えると、高校まではもうすぐ。

「自転車止めてきます」

校門を通り抜けると、先生はいつもの自転車置き場に向かう。

門のそばには桜の木がある。人の通らない東棟の入り口を見守っているかのように、桜の木が立っている。つぼみはまだ開いていない。中にはきっと、お母さんが制服にアイロンをかけるときのスチームのにおいとか、ローファーのかかとをはじめて踏むときの決意とか、危なっかしくて甘酸っぱいものがたくさんつまっている。だからまだ開かない。

先生が慣れた足捌《あしさば》きで自転車のスタンドを立てる。

ほんとうに、このひとはなんてやさしいのだろう。

「本を返したいので」という、たったそれだけの理由で、四十分も早く橋に来てもらった。わざわざその約束をしにくるなら、そのとき、どうして本を持ってこなかったのか。朝早くじゃなくて、式が終わってからじゃダメなのか。そういう、当然の疑問を、先生は何ひとつ口にしなかった。それじゃあ明日、寝坊しないように、とだけ言って、そのまま気まずい空気になる前に先生は私から離れていった。

とてもやさしいと思った。

だけど、そういうやさしさは、いちばんつらい。

制服を脱いで大人になった私は、そんなとき、下くちびるを噛《か》む以外に涙をこらえる方法を知っているのだろうか。何でもない振りが、もっと上手にできるようになっているのだろうか。

「先生、今日、図書室の鍵持ってますか？」

自転車から鍵を抜いた先生は、それをカバンの内ポケットにしまいながら、新たにもうひとつ鍵を取り出した。

「もちろん。持ってますよ」

先生の襟の形はいつもきれいだ。私はシャツにどうやってアイロンをかけるのか、知らない。

「最後に、図書室に入りたいです」

私の声だけではなく、はい、って返事をしてくれた先生の声も、なぜだかいつもより小さかったような気がする。私は、先生のネクタイの形が乱れているのを、初めて見た。私がいつもより四十分早く来てくださいなんて言ったから、いつもみたいに、直してもらえなかったのかもしれない。

先生の、男のひとにしては細い左手の薬指の上を、春の光がつるりとすべって、とてもきれいだ。

◆

あの日が金曜日だったのは、偶然ではなかったと思う。

私は、陽子と佳織と三人で、図書室の大きなテーブルをひとつ陣取っていた。高校二年生の三月。この高校では二年生になるときに文理のクラス分けが行われ、それからはクラスが替わらない。私たちは、四月に入学してくる新一年生のためにこの町について研究発表をしなければならず、図書室で資料を探していた。私たちの班にこの仕事が回ってきたとき、陽子は早速田所くんに助けて助けてとすがりついていたけれど、「任された仕事は自分でしっかりやる人だと思ってたけど」ぴしっと怒られてしまった。

三人で図書室に入り、資料を探したり小声で雑談をしたりしているうちに、外はすっかり暗くなってしまっていた。しかし、研究はなかなかまとまらない。「ダメ、町の歴史とかびっくりするくらい興味わかない」陽子はやる気がなさそうにそう言うと、カーディガンの袖を伸ばして、「しかもここちょっと寒いし」と椅子の上で体操座りをした。一方で、カーディガンを着ていない佳織は「別に寒くなくない？」と平気そうにしている。つまり、どうでもいい会話をしていた。

そのとき私は、先生が貸し出しカウンターにいることさえよく知らなかった。静かにしていなければならない図書室で、私たちは少し迷惑な存在だったかもしれない。

やがて雨が降り始めたと思うと、雨足はどんどん強くなっていった。図書室を包む三月の雨は、室内の静けさをより際立たせた。「……これ、帰りめちゃくちゃ寒いんじゃないの」陽子がため息をつく。

南棟の図書室は、そんなに大きくない。図書室を隈《くま》なく歩きながら、私はうっすら気がついていた。古い資料って、もしかして、東棟の書庫にあるんじゃないだろうか。

「あそこにいるひとに訊いてみよ」私が観念したようにそう言うと、陽子が「いつ帰れんのよーこれ」とぼやいた。私はそれを無視して、一足先にカウンターへ向かって歩き出した佳織に続いた。

私の目は、そのとき初めて、先生の姿をしっかり捉えた。

「あのー、この町の古い資料とかって、もしかしてここにはないんですか？」

思ったよりも大きな声で訊く佳織に、先生はあっさりと答えた。

「そういうものは、東棟の書庫にありますね」

テーブルに戻ると、私たち三人は即、じゃんけんを開始した。外はかなりの雨だったし、とても寒そうだったから、誰も外に出たくなかった。なにより夜の校舎には幽霊がいるという不気味なうわさがあった。いつしかそのうわさは様々な目撃情報によって形を変えて、「東棟の屋上には」幽霊がいる、というものになっていた。「寒いもん絶対やだ」「だからそんな寒くないって」「じゃあ佳織行ってよ」「やだ」ぽん、とテーブルの中央に集まったのは、ふたつの拳《こぶし》とひとつのピースサインだった。

ここで私がじゃんけんで負けたのも、偶然ではなかったのかもしれない。

私はわかりやすく肩を落とし、陽子をうらめしげに見つめたが、陽子は「早くねー。これ終わったらサイゼ行こうね」とカバンの中からマンガを取り出した。あたしミネストローネ食べるんだー、と、佳織は冷たいテーブルに突っ伏して携帯をいじり始めた。

図書室の窓から見える東棟は、春の夜の手前で息を潜めていた。中には誰もいないはずなのに、じーっと見つめていると、いるはずもない何者かと目が合うような気がした。

「ドリンクバーおごってよね」私はふたりにそう言い残すと、図書室を出て小走りになりながら一階へと階段を下りた。寒い寒い寒いと小声で唱えながら玄関に辿《たど》りついたところで、私は立ち尽くしてしまった。

何千本もの細い針が、夕闇の中で光っているみたいだ。

私、いま、傘持ってない。

傘は、北棟にある教室のロッカーに置いてある。傘を取りに行くには、渡り廊下を通って、西棟を経由して北棟まで行かなければならない。それなら、傘なしで東棟まで走ったほうが早い。

私はいつもよりも不気味に見える東棟を見つめた。見た目は怖いけど、幽霊なんてこの世にいるわけないんだし、大丈夫。一階まで下りた私は棟の入り口でローファーをしっかりと履き、濡《ぬ》れちゃうけどしかたない、と、首をきゅっとすくめて、雨の中へと一歩駆けだした。

ぴちゃ、と足元で水が弾《はじ》けた。だけど、首筋はつめたくない。

「傘、ないんですか」

暗かった空が、明るい水色になった。声がしたほうを振り返ると、先生が傘をさして立っていた。

「僕も書庫に用事があるので」

先生は、本を読むみたいにして東棟を見つめていた。私が「……ありがとうございます」と頭を下げると、「じゃあ、行きましょう」と落ち着いたようすでゆっくりと歩き出した。

傘からはみ出した先生の左肩が、濡れていた。

初めて入る東棟は、思ったよりも怖くなかった。入る前、先生があっさりと「幽霊のうわさ？　知らないです」と言ったからかもしれない。うわさを知らない人からしたらただの古い建物なわけで、その目線は心強かった。

ほこりだらけの廊下を抜けると、拍子抜けするくらいするりと書庫に辿りついた。錆《さ》びついた鍵をポケットから取り出すと、先生はゆっくりと扉を開けてくれた。見るからに古臭い扉だったため、ギギギ、とホラー映画みたいな音がするかと思ったけれど、そういうわけでもなかった。窓の外より、書庫の中の方がなぜだか暗く感じた。図書室と同じくらいの広さの書庫の本棚にさまざまな本の背表紙が並んでいる。乱暴な雨音が私と先生の間にある空気にぶすぶすと穴を開けていた。書庫、という響きだけで、なにかとてつもない秘密が隠されているような気がして、私はなぜか足音を殺しながらその中を練り歩こうとした。

　パチンッ
　と音がして、ふいに電気が点《つ》いた。「わっ」思わず大きな声を出すと、「あ、すみません」先生が壁のスイッチを押したまま私のことを見ていた。

　暖房も何もない東棟は、三月だというのに、真冬みたいに寒かった。ブレザーの少しだけ濡れた部分のつめたさを感じながら、私はそそくさと資料を探していた。すると、

「ここに町の資料があります」

　という声が、上のほうから降ってきた。声のしたほうを見てみると、先生が梯子《はしご》を上って本棚の一番上の段に手を伸ばしていた。「ほこり、かなり落ちると思いますけど」先生はつまさきだちで思いっきり体を伸ばしている。「え、ちょっと、危ないですよ」と私が言ったのと、何冊かの本がばたばたと落ちてきたのはほぼ同時だった。

「大丈夫ですか!?」

　運良く、本が私の頭を直撃するようなことはなかったけれど、なかなか危なかった。先生は梯子に乗ったまま「ごめんなさい、でも多分取りたかったやつは見事に全部落ちました」と言った。私は落ちてきた本の中に、一冊の手帳が混ざっていることに気がついた。「あ」と先生は声を出して、自分のズボンのポケットを探る。

「それ、僕の手帳ですね」

落ちた衝撃で、手帳からは一枚の写真が飛び出していた。私がそれを手に取ると、「あ、ちょっと」と先生が慌ただしげに梯子を下りてきた。「拾ってくれてありがとうございます」早口でそう言うと、先生は私の手から写真を取った。

しっかりと見てしまった、一枚の写真。

「……恋人ですか？」

雨の音に負けそうなくらい小さな声で、そう訊いてみた。返事はない。

「きれいなひとですね」

私がそう言うと、先生は「そんなことないですよ」と、落ちていた本を拾った。「僕が渡したかったのはこちらなので」

私はほこりだらけの本を受け取った。枕のように分厚いそれは、歴史の重さそのものを閉じ込めているようだった。

だけど、あんな薄い写真一枚のほうが、ずっとずっと重かった。

雨音の中で、私は先生を見つめていた。先生は写真を少し見つめたあと、私の存在に改めて気がついたように、「戻りますか」と言った。

私は、他に誰もいない書庫の中で、頰を赤らめている先生の姿を見つめていた。写真を手帳にしまう前、先生は本当に一瞬だけ、もう一度その写真を見つめた。

そのとき、雨が止《や》んだのかと思った。

一瞬だけ、なにも聞こえなくなった。虫めがねで太陽の光を集めたみたいに、私から放たれる五感のすべては先生の瞳に集中していた。たいせつなひとを映す先生の瞳は、絶対に私に向けられることはないけれど、それでもずっと見ていたいと思った。雨の音が耳の中に戻ってきても、視線は先生から外せずにいた。

図書室のカウンターにいた先生は、決して、何にも乱されないように見えた。「先生」という存在の枠の中で生きているふうにしか見えなかった。だけど違うんだ。左手の薬指の指輪を確認して、私はまた、心が熱くなった。あの写真も、指輪も、目も、先生の枠からはみ出たところにあるものたちだ。そんなものを三つもいっぺんに見てしまったら、もっともっと見たくなるに決まっている。

先生の用は済んだんですか、なんて、いじわるな質問はしないでおこうと思った。先生は、本当は書庫に用なんてなかった。本当は私に鍵を渡せばよかったのに、先生はここまでついてきてくれた。

先生の着ているセーターの左肩の部分は、雨を弾くことができなかったから、まだ濡れたままだ。

私と先生の足音は、たまに重なったり、雨音に負けそうになりながらも、誰もいない東棟の廊下によく響いた。重い資料を両手に抱えながら、私は、どうしよう、と思った。

「戻りましょう」

と差しだしてくれる先生の傘は、晴れた日の青空のかけらで作ったみたいだった。

好きになってしまった。

◆

「そういえば」

図書室のドアの鍵穴に鍵を差し込みながら、先生は言った。

「なんですか？」

「みんなより一足早く、卒業アルバムを見ました」

えっ！　と、私が反射的に大きな声を出すと、先生は「そんなに大きな声を出さなくても……」とつぶやきながら鍵をがちゃりと回した。

「個人写真のページも？」

私が小さな声でそう言うと、先生はまた、女子ですねえ、という顔をした。

個人写真を撮ったのは去年の夏だ。女子はこのとき何度も何度も、先生のチェックをかいくぐれるボーダーラインを見極めようと鏡の前で必死になる。アイラインはどこまで引いたらダメって言われる？　チークは？　ていうか、佳織はまずピアス取ったほうがよくない？　ヴィジュアル系バンドのヴォーカルを務める森崎くんは逆に思いっきりフルメイクで撮影に臨んで、先生から水をぶっかけられる勢いで退散させられていた。メイクなんかしてもお前ら何も変わらねえよ、なんてからかってくる男子たちも実は携帯電話の画面を鏡代わりに前髪を直していたりして、本当になにも気にしていないのは田所くんくらいだった。

写真の中の私のシュシュは、今よりも濃いピンクかもしれない。あのときは、今よりもずっと短い髪の毛を、女子トイレの鏡の前を陣取って、むりやりひとつにまとめた。陽子には「……結ぶの不自然なくらい短いけど、それでも結ぶの？」なんて言われたけれど、私はひとこと「結ぶの」と言ってなかなか鏡の前から離れなかった。

ほんとうは、くるくると巻けるくらい、この日までに髪の毛を伸ばしたかった。まだひとつにまとめて不自然なくらいの長さだけど、それでも私は左肩から下ろすようにして、ひとつにまとめた。

卒業アルバムの写真って、どうして、撮ったいくつかを見せてくれないんだろう。そこから自分で選ぶことができれば、どれだけいいか。

「個人的には、森崎くんのキメ顔がすごかったですよ……ノーメイクなのにひとりだけ空気が違って」

「あれ、カメラマンに頼んで、照明を暗くしてもらったらしいですよ。だからひとりだけやけに陰影がついてて」

「なんと……森崎くんって、今年も卒業ライブ出るんですかね」

森崎くんヴォーカルですよ、と私が答えると、それは楽しみですね、と、ほんとうに楽しそうに言ってから、先生はドアを閉めた。

空気も、音も、急に、この空間に閉じ込められる。図書室の空気の密度は、他の教室のそれとは違う。

「やっぱり、たかが半年くらい前でも、アルバムの中のみんなはちょっと子どもの顔してましたよ」

作田さんもね、そう付け加えて、先生はいつものようにカウンターに座った。

図書室は、壁の色も、カーペットの色も、本棚の色もすべて、陽射《ひざ》しを溜《た》めこんだようにあたたかい。この間まで、色とりどりの本の背表紙をうすくうすく覆っていたほこりっぽい空気は、からっぽになった本棚の中を行く宛もなくさまよっている。本が一冊もない図書室は、もう人間の住んでいない遺跡のように見えた。

いま気づいた。図書室は、他に誰かがいたから、私はふつうでいられたんだ。本もなくなって、誰もいなくなってしまったいま、心がどんどんおかしな方向にねじれていってしまう。

ぺったんこのカバンを机の上に置いて、すり足で歩く。図書室の緑色のスリッパは、私の足には少し大きい。

「先生がカウンターにいるのも、もう最後ですね」

先生がこのつやつやに輝く木のカウンターにいるのは、金曜日だけだ。月曜日から木曜日は、図書委員の生徒がカウンターで本の貸し出しを行っている。主に一年生の古文を担当している先生に授業を受け持ってもらっていない私は、あの雨の日から毎週金曜日、図書室に通った。

図書室に用があったわけではない。だけど無理やり毎週本を借りて、無理やりそれを読んでいた。

「そうですね。あ、そういえばちょうど今日も金曜日ですね」

先生はそう言うと、卓上カレンダーを一枚めくった。「24」という数字の上に、「25」が降りてくる。「TH」が「FR」に変わる。

三月二十五日。金曜日。卒業式。だけどこの場所にいると、すべての時間から置いていかれているみたいだ。

図書室の窓からは、古ぼけた東棟と、ぴかぴかの西棟が見える。西棟と南棟を結ぶ渡り廊下を、きっちりとスーツを着た先生たちが、忙しそうに行き来している。いっつも白いジャージを着ている体育の滝川《たきがわ》先生までスーツを着ていて、日に焼けた肌がいつもよりおとなしく見える。女の先生はなんだか、いつもよりもより女性的に見える気がする。

東棟には、なにもない。あの日の残像だけが、ゆらゆらと空っぽの建物の中を泳いでいる。

「先生がスーツで図書室にいるなんて、変な感じですね」

そうですね、と先生は言う。私は窓から西棟を見下ろしながら言う。「滝川先生、スーツ似合わないですよね」「……あれ今日のために新調したらしいですよ」「まず日焼けしすぎですよね」先生はいつものようにカウンターに座っている。私たちは目を合わさずに言葉を交わす。

スーツ、という、先生をより先生らしくしているもの。だけど、よく見ると、中に着ているシャツは誰がアイロンをかけたんだろうとか、ネクタイが曲がっていたとして誰が直したんだろうかとか、先生という枠からはみ出た部分があぶり出される。

本当に話したいことだけ、話しだせない。話し方を忘れてしまったみたいに、声を出すことができない。

いつもは、先生の「返却期限、また過ぎてますね」という言葉から会話は始まった。それで私が本の感想を言ったり、期限に遅れた理由を話すうちに、会話は自然な速度になる。

だけど今日は、その始めの一言が使えない。

「……本、おもしろかったですか？」

ぐ、と、体中に力が入る。背中で先生の声を受け取る。私の背中は小さすぎて、受け止めきれない声がぽろぽろとこぼれてきてしまう。本を返すためにこの場所に来たはずなのに、この気持ちはなんだろう。

「……意外とあんまり時間もなかったし、内容も、ちょっと私には難しかったっていうか……」

うまく答えられない。いつもと違う。

「僕だって未だにあの本よくわからないですからね、しかたないです」

先生が、やさしい声で梯子をかけてくれているのに、私は窓枠から手を離すことができない。いつもみたいに先生に近づけない。こんな風に先生と話したこともないから、カバンから本を取り出せない。

いつもと違うのは、先生が慣れないスーツを着ているからじゃない。今日が卒業式だからじゃない。この高校が、この図書室があしたでなくなってしまうからじゃない。髪の毛をいつもより上手に巻けたからじゃない。

「……先生」

ここが図書室ではなくなってしまったから。

「図書室ってなんのための場所か知ってますか？」

私の声は、先生まで届かずに、カーペットの上にぽとんと落ちてしまったように思えた。

　図書室では、静かにしていなければいけないから、小声で話す。つまり、特別な理由もなく、先生と寄り添うくらいに近づいて話すことができる場所だった。他の生徒の邪魔にならないようにって、小声で、顔を近づけて話していてもおかしくないたったひとつの場所だった。

　いま、私は、先生にどう近づいていいのかわからない。先生のそばに行く理由が、いまの私にはひとつしかない。

「図書室は、本を貸し借りするための場所ですよ」

　先生はいつも、正しい答えをくれる。だから先生なんだろう。

　本を返すために近づく。だけどそうしてしまったら、もう二度と、私は先生のそばには行けない。そばに行く理由がなくなってしまう。

　たとえ高校生じゃなくなっても、私がひとりの女性として先生の目に映るわけじゃない。この本を返したら、先生と生徒という関係さえなくなって、私は先生と正真正銘の他人になる。特別な理由でもなければ、毎週金曜日に先生に会えなくなる。それぞれ別々の、ふたつの春が始まってしまう。

　西棟の入り口あたりに、きちんと制服を着た生徒たちの姿がぱらぱらと見える。登校してきた多くの生徒たちは、いつもとは違う学校の雰囲気にきゃあきゃあと騒いでいる。

笑い声の中でぴんと伸びているひとさし指が差す先は、絶対に滝川先生の白いスーツだ。

図書室が本を貸し借りするための場所だなんて、そんなことはわかっている。だけどそれは、みんなにとっての図書室だ。私にとっての図書室は違う。

私にとって、本は読むものじゃなかった。私の指先と、先生の指先を、間接的につないでくれるものだった。シュシュは髪の毛を結ぶためのものじゃなくて、コテは髪の毛を巻くためのものじゃなくて、鏡の中でだけでも、私が先生のたいせつなひとになるための道具だった。

「……ここは本を貸し借りするための場所ですけど」

先生が言う。

「だけど今日は、本を返すための場所ですね」

本を返したら、ほんとうに、さよならだ。

てのひらをぎゅっと握りしめたら、ふっくらと盛り上がったところに、伸びた小指のつめが刺さった。その痛みがきっかけとなって、私は先生のほうへ振りむくことができた。

窓の外から、卒業を惜しみ合う女の子たちの声が聞こえてくる。春のアスファルトは、いつもより足音を美しく響かせるみたいだ。

「だけど、返したら」

こうやって離れた距離で、先生と話をしていることが、不思議だ。

だけど、いつもみたいに他の生徒がいたとしたら、絶対に話せない思いがある。

「返したら、もう、終わりなんですよね」

私はそう言って、カバンから本を取り出す。

「この本返しちゃったら、もうこの図書室も、なくなっちゃうんですよね」

カウンターにいる先生は、いつもと変わらない。スーツを着ていても今日が卒業式でも、先生の目は変わらない。

先生として生徒を見つめる目。私のことをひとりの生徒として見つめる目。

「作田さん、卒業式、始まっちゃいますよ」

先生は少し困ったように笑う。閉室の時間になってもなかなか帰ろうとしない生徒なんかに向けて、いつも少し困ったように笑って、暗くなる前に帰りましょう、なんて言う。

チャイムが鳴る。聞き慣れたチャイムの音が、卒業式の朝を叩《たた》く。北棟の方から、じゃれ合っている男子たちの足音が聞こえる。これが最後のチャイムだねー、なんて、女子の元気な声が聞こえる。

陽射しがあたたかい。体温みたいにあたたかい。

「僕、さっき、みんなより早く卒業アルバム見たって言いましたよね」

森崎くんのキメ顔がすごかった、って言いましたよね。

「作田さんの写真」

あとを引いていたチャイムの余韻が、きれいになくなった。

「髪型も、髪をまとめているゴムの色も、位置も、カメラの前でうまく笑えないところも、僕の奥さんにそっくりでした」

それは、あの写真が忘れられなかったからだ。

先生のたいせつなひとみたいに、あの写真みたいに私もなりたかった。そうしたら、一度くらい、あのあふれる直前の真水みたいな目で、私のことを見てくれるかもしれないって、そんなことを考えていた。髪の毛を早く伸ばすための指でのマッサージも、教室のコンセントを独占してのコテ教室も、全部、今日この時のためだった。

「今日は、髪の毛、とても上手に巻いていますね」

私は本を持って、カウンターまで歩く。

「僕の奥さんは、そんなにもきれいに巻けませんよ」

そんなふうに、ほめてほしいわけじゃない。

私が差し出した本を、先生はいつものように受け取ってくれた。

「先生」

私も、いつものように言ってみた。いつものように、いつものように、なんて言い聞かせている時点で、もういつものようではないけれど。

「返却期限、やっと守りましたね」

カウンターを挟んだだけの距離で、返却期限の話をする。

大丈夫、いつも通りに言える。

「好きでした、先生」

好きでした。ずっと前から、言いたかった。

先生は驚いたようすもなく、やっぱり眉を下げて微笑《ほほえ》んだ。

私の中にある思いは、過去形でしか伝えられない。自分で小さくピリオドを打ちこんだあとでないと、伝えられない。

「ありがとう、作田さん」

卒業式、遅れちゃダメですよ。先生はそう言って、たいせつそうに本を抱えたまま図書室から出ていった。

好きでした、ともう一度つぶやいてみた。やさしい暖色の壁は私の声をまるごと吸い込んでくれる。先生、と、もう一度、言ってみる。すると、右目がよく見えなくなった。好きでした、と、もう一度。すると、左目がよく見えなくなった。好きでした、好きでした、図書室がよく見えなくなる、好きでした、何度もつぶやいてみる。いつもみたいに小さな声で、誰にも聞こえないように。

好きでした。過去形にして無理やりせりふを終わらせればやっと、エンドロールが始まってくれる。

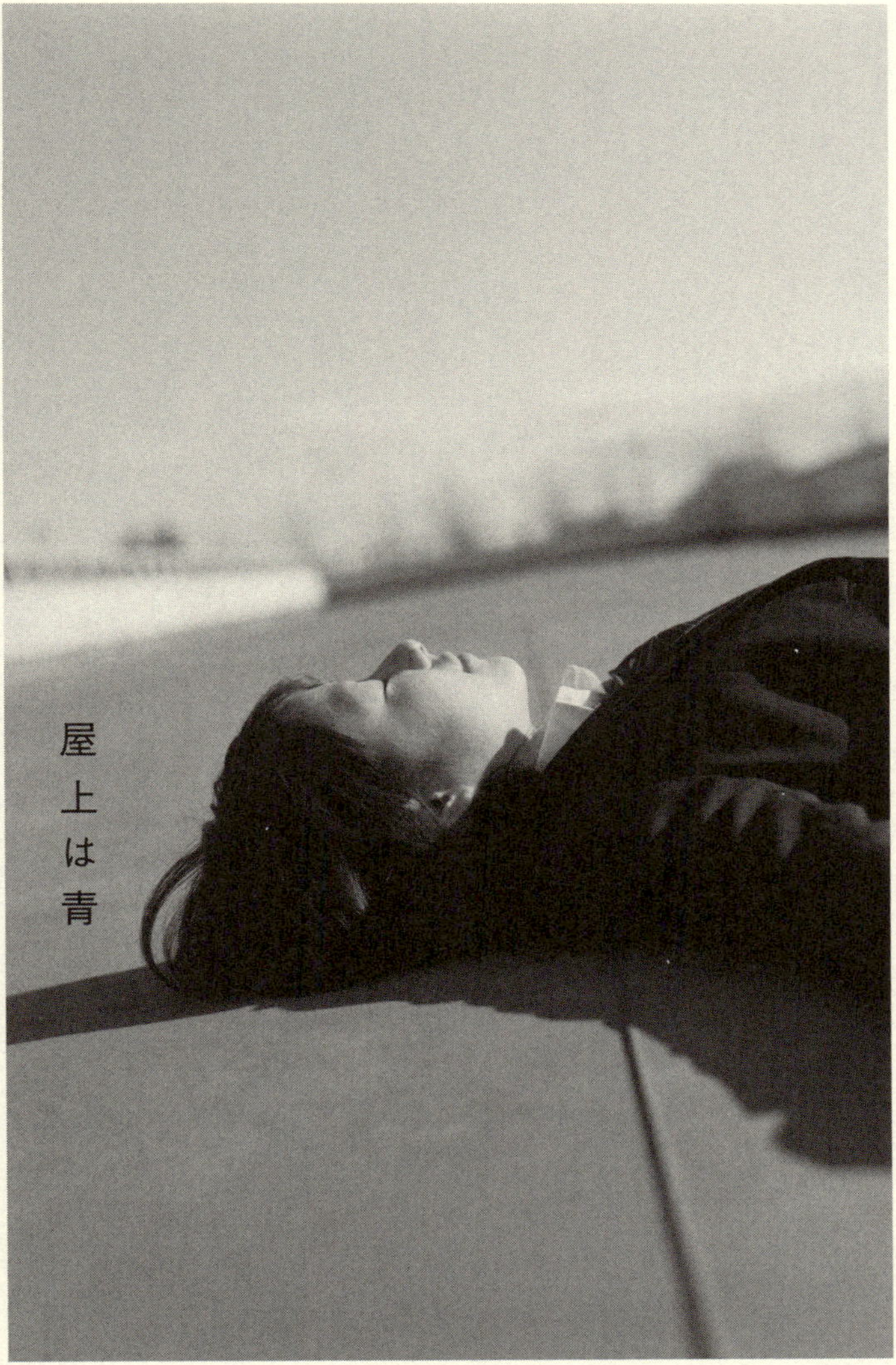
屋上は青

尚輝《なおき》はいつも、空に浸して染めたような青いTシャツを着ているから、どこにいても目立つ。室内にいたらもちろんだし、外にいたとしても、その青はなぜだか空より鮮やかに見えるから、結局目立つ。

私は小さく体操座りをして、メガネをかけたり外したりしていた。昨日、メガネをかけたまま眠ってしまったからだろうか、少し頭を下げたら落ちてしまいそうなくらいにフレームがゆるんでしまっている。

「孝子《たかこ》、いい加減コンタクトにすれば？　高校卒業してもメガネで黒髪とか、いつまでたっても優等生キャラのままだって」

尚輝も隣で、体操座りをしている。できるだけ自分を小さくしようと、私はぎゅっと膝をたたむ。尚輝はそんなに大きくない体にかなり大きなTシャツを着ているので、指で押した通りにできたような鎖骨のくぼみまではっきり見える。相変わらず、この薄い体の中にたくさんの骨と内臓が詰まっているようには見えない。

黒いスピーカーから音が漏れている。小さくてポケットに入るからって、そのスピーカーと音楽プレイヤー、あと財布と携帯だけで、尚輝はふらふらどこかへ出かけたりする。いつだってカバンの中身を丁寧に確認してからでないと家を出られない私とは大違いだ。

「……久しぶりに、あそこの階段使った」

ふう、と息を整える私に、「孝子は、真面目だからな」と、尚輝はいじわるそうに笑った。なんだか少しズレたことを言われたような気がするけれど、案外的外れではない気もする。

地上から聞こえてくる生徒たちの声や足音から隠れるように、私たちは東棟の屋上で体操座りをしている。たまにふざけて尚輝がいきなり立ち上がったりするので、私はそのたび「見つかるって！」と声をあげながら彼のジーパンを掴《つか》むことになる。そのたびに尚輝は「真面目なんだからあ」と、安心したように笑ってみせる。私の真面目さを試すように、尚輝はいきなり立ち上がる。もちろんそんなことはできない私は、今犯している罪を少しでも小さくしたいという一心で、ぎゅっと思いっきり膝をたたむ。

尚輝に連れてきてもらうまで、東棟に屋上があることすら知らなかった。そもそも東棟は基本的に棟そのものが立ち入り禁止だったし、気味の悪い雰囲気もあったので、近寄ろうと思ったこともなかった。

だけど、尚輝にはそんなこと関係ないみたいだ。今日だって何のためらいもなく、階段を上った先にある屋上へ出るドアの右下あたりを蹴り続けていた。あそこを数回蹴れば、ドアが開くらしい。「使われてないからって適当だよな」と尚輝は笑ったけれど、ドアを蹴る音は朝の校舎によく響いて、私はついキョロキョロしてしまった。

屋上にいると、空がいつもより近いからか、いつもより寒い気がする。それに、なぜだか少し、自由になった気がする。だけどそんなことを口にしたら、まだ二回しか来たことないくせに、と、尚輝に笑われるだろうから、声には出さない。

もう一年以上も前に白と黒の制服を脱ぎ捨ててしまった尚輝は、きっと私なんかより何倍も自由だから、いまさらそんなこと思わないのだろう。

ズレたメガネを直しながら、隣にいる尚輝をちらりと見る。スピーカーから漏れてくるR&Bに合わせて、小さく肩を揺らしてリズムを取っている。ダウンのリズム。ヒップホップはダウンでリズムを取るんだよ、とかなり昔に言われたことを覚えているけれど、私はダンスの種類なんてヒップホップ以外にブレイクダンスくらいしか知らない。ヒップホップは、っていうことは、他のダンスでは他のリズムがあるのだろう。

大きなTシャツも、裾を輪ゴムで留めたゆるいジーパンも、長めの茶髪も、ニューエラのキャップも、よく似合っている。

尚輝に似合うものは、私にはひとつも似合わない。

「卒業式には出るの？」

自分で言ったあと、こんなこと訊《き》いてどうするんだろう、と思った。

「いや、それは無理でしょ」

尚輝はキャップを取って髪の毛を指さす。もとからその色だったみたいな顔をして風に揺れている茶色い髪の毛は、不思議と、高校を退学させてしまうような悪者には見えなかった。尚輝にはこの色が一番似合うんだから、これでいい。

尚輝の茶髪が、キャップの形に沿ってへこんでいる。

遥《はる》か下のほうから、女の子たちの笑い声が聞こえてくる。あと三十分もしないうちに、卒業式が始まってしまう、らしい。こんな場所にいると、卒業式さえもどこか他人事《ひとごと》に感じる。私が「式、もうすぐだね」と言いながら、ぱたんと携帯を裏返したとたん、尚輝はすっくと立ち上がり、下にいる子たちに向かって「おーい！」と声を出した。

「大学デビューの準備は大丈夫かー！」

「ちょっと！　もうほんとやめてって！」

柵から身を乗り出して叫ぶ尚輝のジーパンを、私は低い姿勢のまま思いっきり引っ張った。「見つかるって！　馬鹿！」こんなときでも、私はひそひそ声の最大音量くらいの声しか出せない。

しぼったら空がこぼれてきそうな青いTシャツに、しゃかしゃか音を漏らすスピーカー。薄い胸板にVANSのスニーカー。すべていつもと一緒なのに、これからすべてが変わっていってしまうような気がする。

「下の奴《やつ》ら、ちょっとこっち見てたぜ」ニヤニヤしながら尚輝はあぐらをかいた。ベルトを下げてジーパンを穿《は》いているから、股下の部分がピンと張っている。大学デビューとか失礼だよ、と私が咎《とが》めると、尚輝は私のゆるゆるのメガネを取って言った。

「孝子って、授業サボったことあるの？」

メガネを取られてしまうと、至近距離にいたって相手の顔すらよく見えない。視界が悪くなった中で、尚輝の声だけが聞こえてくる。

急に不安になる。ちゃんと見ていないと、尚輝はそのままいなくなってしまいそうだ。

「そんなの、ないけど」

メガネ返して、と手をぱたぱたさせていると、ぼんやりとした視界の中で尚輝がまた笑った気がした。

「孝子らしいや」

いつもの声、いつものせりふなのに、なんだか少しだけ泣きそうになった。しっかりと尚輝の輪郭を捉えていないと、私はこんなにも不安になる。

いつだって隣にいた、私の幼馴染《おさななじみ》。だけどいつだって、隣にいると少し悲しくなる。私は尚輝みたいにはなれない。すぐそばで広がっている尚輝の世界に、一歩も足を踏み出すことのできない自分の臆病さに、いつも悲しくなる。

尚輝の茶髪が風に乱れる。最後にこの髪の毛に触ったのはいつだっただろう。確か、とってもやわらかい猫っ毛だった。

あと二十分で、卒業式が始まる。

◆

メールが来たとき、私はリビングで油性ペンを探していた。「そのへんにあるでしょう」と、洗い物に勤《いそ》しむ母が面倒くさそうに言うけれど、少なくとも目に見える「そのへん」にはない。慌ただしくテレビの前を横切ると、ゲームをしていた中学生の弟から「姉ちゃん邪魔!」と怒鳴られた。コードが裸足《はだし》の指にからまりそうになって、また弟に怒鳴られる。

あしたは卒業式だから、最後のホームルームで卒業アルバムが配られる。そうしたらきっと、クラスの女の子たちは寄せ書きをしあうだろう。卒業アルバムのつるつるのページはきっと、普段使っているようなペンではダメだ。あのぴかぴかな白にインクが弾《はじ》かれないように、油性ペンを持っていかなくちゃ。私が多めに持って行って、クラスの女の子たちに貸せばいい。

いつまで経《た》っても油性ペンが見つからないままでいたときに、急に尚輝からメールがきた。

【あしたの朝、式が始まる三十分前、東棟の階段で待ち合わす】

「待ち合わす」って、なんかインチキ予言者みたい。尚輝はおおざっぱだから、メールの文字の打ち損じなんていつものことだ。本人は全然気にしていないのだろう。

尚輝からメールが来るなんて、本当に久しぶりだった。一年ぶりくらいかもしれない。絵文字も句点もないメールは、尚輝の声をそのまま文字にしたみたいだ。私は、【わかった。けど、久しぶりだねとかそういうのないの?】と返した。それから返事はない。それも、尚輝らしい。

水道から流れ出る水の音を聞きながら、私は、もう油性ペンを探すのをやめようと思った。自分の真面目さに嫌気がさす。寄せ書きをするときにペンが無かったら、誰か持ってる人いないー? って、大きな声で言えばいい。ああごめん貸して貸してー、って、他の女の子たちみたいに言えばいい。

だけど私はそんなことできない。いつも小さなことを気にして、目を凝らして、避けるべき障害物を探している。尚輝みたいに、ずっとメールをしていなかった友達にいきなりメールを送るなんてことも、私はできない。メールアドレスを変えられていたら、それを教えてもらえていなかったらって考えると、怖いからだ。

私はいつだってそうだ。遅刻もできないし、忘れ物だって、テストで赤点をとることだって、授業をサボることだって、できない。しないんじゃなくて、できない。だから、尚輝が高校を辞めてしまったとき、私は、やっぱり私と尚輝は別々の場所にいる人間なんだと思った。それは発見ではなく確認で、ずっとずっと前からわかっていたことだった。

家が近くて、幼稚園のころからずっと一緒だった。小さなころって、親同士の仲がいいと、子ども同士も絶対仲がよくなる。母親たちがファミレスでご飯を食べているとき、私と尚輝は外で四つ葉のクローバーを探し回って、見つけたとたん食べてみたり、ローラースケートにひもをつけて辺りを練り歩くという犬の散歩のまねごとをしたりして遊んでいた。そういう面白い遊びを思い付くのはいつだって尚輝で、私はいつもその後ろについていて、それは危ないよとか、そのいたずらはやりすぎだよとか、遠慮がちにブレーキをかける役だった。

私は火曜日と木曜日が嫌いだった。ピアノのおけいこが火曜で、英会話の塾が木曜。尚輝は水曜日が大好きだった。通っているダンススクールで、一番大きなスタジオがキッズクラスにも開放される日。私は勉強が嫌いではなかったから、成績がよかった。尚輝は、勉強が嫌いだったのに、成績がよかった。私は尚輝の習い事の話を聞くのが楽しくて好きだったけれど、自分の話はあまりしなかった。尚輝が身振り手振りを交えて話してくれるダンスのことより、ピアノと英会話を楽しく聞こえるように話せる自信がなかった。

尚輝は、他の男の子たちみたいに、女子をからかったり泣かせたりしなかった。文化祭や合唱コンクールで男女が分裂しそうになったときは、いつも尚輝がなんとなく仲をとりもっていた気がする。尚輝にはそういうパワーがあった。私はいつも男子の陰口に泣いてしまうような女子だったから、私と尚輝が仲良しだということを不思議に思うクラスメイトは多かった。

親同士が昔から仲良くって。周りの子たちに尚輝との関係を訊かれるたび、私はそう答えていた。

中学生になって、他の男の子たちが先生に反抗したり怖い先輩と仲良くなったり、無理やり悪くなろうとする中で、尚輝だけは自然だった。それなのに、誰よりもカッコよく、素敵に見えた。私以外の女の子もみんな、そう思っていたはずだ。だから私はときどき、本当に身勝手な優越感に浸ることがあった。私は尚輝と幼稚園からずーっといっしょの幼馴染なんだよ。言葉にはしなかったけれど、心のどこかではいつもそう思っていた。

そして尚輝が特別だった理由はもうひとつある。当時の私はよくわかっていなかったが、尚輝は中学に入ってすぐ、どこかの芸能事務所に所属したようだった。田舎の小さな公立中学校にいると、ジムショという言葉の響きだけで、何か特別なオーラをまとっているように見えた。「今日シゴトがあるんだ」と、授業を早退することもたまにあった。それだけで、まだ少年少女だった私たちには、本当に尚輝が特別な存在に見えたのだ。

ジムショ。シゴト。そんな言葉を残して学校の門から出ていく尚輝の後ろ姿を見ては、すごいな、と思うのと同時に、私は少し怖くなった。

あの校門を駆け抜けたら、尚輝はもう、こんな田舎の中学校に二度と戻ってこないんじゃないか。私はいつもそんなことばかり考えていた。

尚輝はいつも、青いTシャツをカバンの中に入れていた。「これ、練習着なんだ」と、自分の体よりもはるかに大きなTシャツを大切そうにたたんでは、教室を出て行った。私は、その嬉《うれ》しそうな横顔を隣で見ているのが好きだった。

ピアノも英会話も楽しくはなかったけれど、辞めることもできなかった。だから英語以外の教科を教わる塾に行ってみたり、吹奏楽部に入って違う楽器をやってみたり、中学では生徒会の副会長もしてみた。一方尚輝は、ダンスだけは絶対に続けていた。いつだって楽しそうにダンスの話をし、カッコいい曲に出会ったらイヤホンを片方貸してくれた。

同じ高校に進学することが決まったとき、私は正直驚いた。てっきり、尚輝は中学に入って勉強を全くしていないと思っていたからだ。受かっちゃった、と自分でも驚いたように言う尚輝は、あのころと何も変わっていなかった。

だけど私は、何かが変わってしまうような予感がしていた。尚輝は今でも四つ葉のクローバーを見つけたら迷わず口に運ぶかもしれないし、ローラースケートがあればひもをつけて犬に見立てて散歩をしだすかもしれない。だけど、私の頭の片隅で、ずっとひそかに呼吸をしつづけている思いがあった。尚輝はいつか私を置いて、きっとどこか遠くへ行ってしまう、きっとそうだ、きっと。

◆

「孝子、卒業したらどうすんの？」

隣で、尚輝はコンビニで売っている棒型チーズケーキを一口齧《かじ》った。ぽろぽろと崩れていくチーズケーキのかけらが白いコンクリートに落ちていく。

「……地元の国立。前期で受かったから。実家から通えるしね」

私は返してもらったメガネをかけ直しながら答える。ん、と尚輝にチーズケーキを差し出されたけれど、首を横に振る。

「学部は?」

「教育学部。……英語の先生になりたくて」

中学校とかの、と付け加えると、尚輝は「ぽいわー」と言って口の周りをぺろりと舐《な》めた。孝子みたいな英語の先生、すげえいそう、と、残りのチーズケーキを一気に口に放り込む。「馬鹿にしてんの?」と言ったら、「そんなわけございません」表情をふっとゆるませて、尚輝はその場に寝転んだ。

Tシャツの裾が広がって、尚輝も空みたいになる。

「俺は孝子のことすげえなって思うもん。誰にも迷惑かけてない。ちゃんと地に足つけて歩いてる。俺が持ってないもの、孝子は全部持ってる」

高校卒業とかね? と尚輝はふざけたように言ったけれど、私は素直に笑えなかった。私は体操座りのまま、大の字になって空を見上げている尚輝を見ていた。広い袖口からにょきっと飛び出している細い腕に、血管がぽこりと浮き出ている。こうして見ているると、尚輝はコンパスの針みたいだ。尚輝が生きているその場所が中心になって、この町はきれいな円を描いている。

「ねえ、高一の文化祭、覚えてる?」

おー、と生返事をしながら、尚輝はプレイヤーをいじって音楽を変えた。

「孝子が足引っ張った高一の文化祭、な」

うるさいなあー、と口を尖《とが》らせると、孝子パンツ見えそうだよ、なんてことを言ってくるので、私はローファーのつまさきで尚輝の頭をこつんと蹴った。

「あれもう二年以上も前なんだよ。私がこの屋上にきたのもあのときが初めてだったしていうか、あのときは最初で最後だって思ってたよ」

もうそんなに前かあ、と、尚輝は適当に相槌《あいづち》を打つ。こいつ本当に覚えてんのかな、と思うけれど、尚輝は絶対に覚えている。多分あの文化祭で使った曲を流せば、尚輝はひとつだって振りを間違えずに最後まで踊りきることができるだろう。

「確かお前が学級委員でさ、ホームルームでいっくら話し合っても、クラスの出し物がなかなか決まらなかったんだよな」

そう、と私は相槌を打つ。「陽子ちゃんとかが怖くって」「ヨーコ！　いたなーあの強気な猫目の！」尚輝は楽しそうに笑っている。

「結局その日の話し合いじゃ何も決まらないまま解散ってなって……私、あのときけっこう途方に暮れてたんだよ。あした学校行くのいやだな、とか思ってた」

そーだったんだ、と、尚輝はプレイヤーのボリュームを少し上げた。私はそんな仕草を、かわいいな、と思う。多分、このときの話をされるのが少し、恥ずかしいんだ。

「次の日の朝、尚輝、クラス全員分のダンスの振り付けとか隊形とか立ち位置とか、全部考えてきてくれたんだよね。曲もすっごくカッコいいの選んでくれて……みんなそれで簡単に乗り気になっちゃってさ。あの必死の話し合いは何だったのって感じ。練習も全部尚輝任せになって」

「そんなこともあったっけなあ」尚輝はめんどくさそうに頭の後ろで両手を組んだ。太陽がまぶしいのか、目を閉じている。

地上が、騒がしくなってきた。卒業式が始まる時刻が近づいているのだろう。

私は、右足の靴下のノリづけした部分を、ぺりぺりと剝がす。

「私、全然ダンス覚えられなかったんだよね。あれ、今思い出してもすっごく恥ずかしい。なぜか私だけ動きが合わないの」

ダサいって思ってたでしょ？　と言うと、尚輝は、当たり前じゃん、と悪びれもしない様子で答えた。そしてちょっと時間を置いて、目だけで私を見た。

「でも孝子、ここで一緒に練習したら、できるようになっただろ」

ちらっとしか顔を見ることができなかったけれど、尚輝はやさしく笑っていた。うん、と私が返事をすると、尚輝はちょいちょい、と手招きをした。「横、寝転べば」

スカートの折り目がぐちゃぐちゃになる、と一瞬思ったけれど、そんなことを考えてしまう自分が嫌で、私はすぐに横になった。コンクリートが冷たくて、気持ちいい。

「頭、痛くない？」そう言って尚輝はタオルを差し出してくれた。ありがとう、と言って目をゆっくりと開ける。まぶしい。まぶしいけれど、少しずつ目が慣れていく。風が目の前を通っていく。ふとものあたりがスースーする。

空がきれいだ。

だけど、多分、尚輝の目で見たら、もっときれいに見える。

「……あのとき、孝子をこの場所に連れてきたら、踊れるようになるかもしれないって思ったんだよな、俺」

すぐそばに、尚輝の声がある。照れや、幼さや、危うさや、かつては私も抱いていたはずの全てが溶けこんでいるその声を取りこぼさないように、私は丁寧に耳を澄ます。

「何でそう思ったの？」

「だってここ、俺の秘密の練習場所だから」

え？　と、私は尚輝を見た。風に弄《もてあそ》ばれた黒髪が、メガネのレンズと同じ楕円形《だえんけい》のはっきりとした視界の中を行ったり来たりした。

「事務所のレッスンがないときとか、よくここで練習してたんだ。俺だけうまくできなかったときとか、絶対にレッスン生が来ないところで思いっきり練習したくてさ。ここで練習すると、不思議とできなかった振りができるようになるんだ。夜遅くまでいても誰も来ないし、思いっきり動けるし、いい場所だよ」

そうだったの？　と私が驚いた声を出すと、そうだったのお〜、と尚輝は私の声を真似《まね》した。

「だからあのときも連れてきてみたっつーか気持ちよくない？　ここ」

立ち入り禁止なのがもったいねえよな、と、尚輝は愛《いと》しそうに目を細めて空を見た。でもやっぱりまぶしいようで、眉のあたりにてのひらを置いて影をつくっている。

この場所で文化祭のダンスを練習した放課後。尚輝は確かその日も、この青いTシャツを着ていた。尚輝は当たり前のように私を東棟へ誘導したけれど、先生たちから立ち入り禁止とされている場所に私は軽々と入って行けなかった。東棟には幽霊のうわさがあったし、学級委員の私がそんな場所にいるのが見つかったら、クラス全体の責任にならないかとか、屋上で文化祭の練習をしているなんて言ったら出られなくなるかもしれないとか、私はいろんなことをぐつぐつと考えていた。

それでも尚輝についていったのは、あの屋上で踊る自分を想像したら、胸がわっと熱くなったからだ。何かが変わるかもしれないという予感が、一瞬で私の足をすくいあげた。

誰かがいやいややるくらいなら、と、自ら手を挙げてしまった学級委員や、緊張するとすぐ痛くなるこのお腹《なか》とか、全く上手にならなかったピアノとか、陽子ちゃんとか、他の女の子の一言にすぐ傷ついてしまう心とか。そういうものから、解放されるかもしれないと思った。

なぜそう思ったかはよくわからない。きっとそれだけでは何も変わらないのに、私はそう信じて疑わなかった。

尚輝の背中を見ながら、東棟の奥の奥にある細い階段を駆け上がった。胸が張り裂けそうだった。階段を一段上るたび、ポケットの中にパンパンに詰まっていた何かをひとつずつ捨てていけるような、そんな気がしていた。

尚輝がさっきみたいに蹴って扉を開けたとき、私は、目の前に広がる夕空に裸で飛び込んでいける、と思った。あのときの気持ちは、今でも鮮明に覚えている。

私は寝転んだままローファーを脱ぐ。靴下にしっとりと染み込んでいた汗が空気に触れて、す、と冷たくなる。

文化祭の準備をしていたのは、真夏だった。コンクリートが焼けて、手をつくととても熱かった。そこで全身を解き放つように踊りだした尚輝の姿は、ゆらゆらと揺れる逃げ水の中でゆらめいていた。

スカートをもっと短くできるかもしれない、髪を染められるかもしれない、ピアノを辞めたいって言いだせるかもしれない、なんだかそういう危うい気持ちが胸の中でひとつふたつと弾けた。そんな気持ちの中で、今目の前にいる尚輝は幻かもしれないと思った。絶対に触れることのできない逃げ水のように、このままゆらめきながら消えてしまうのかもしれない、と思った。

携帯を見る。太陽を背負った画面は暗く光る。卒業式が始まるまで、あと十分。

「俺がこの場所教えたの、孝子だけだよ」

そう言って、尚輝は思いっきり伸びをした。そうなんだ、と言って、私も伸びる。手足の先っぽから、ちょっとずつあの空に溶けていってしまいそうだ。

私があんなに勇気を出してたどり着いたこの屋上に、尚輝は数え切れないくらい来ていた。ひとりで、青いTシャツを着て、音楽プレイヤーとスピーカーだけを持って。

私が今見ている空はどうせ、楕円形に切り取られている。尚輝はそうじゃないんだろう。

「……本番はいろいろ無理言って、生徒会困らせちゃったよね」

「あーそうだったっけ？　でも、本番はやっぱり楽しかったな。それは覚えてる。みんなすげー緊張してたけど」

俺、結構難しい振り考えたからな、と尚輝はいじわるそうに笑ったけれど、私は真剣に頷《うなず》く。すごく難しかったんだからほんとに、といまさら訴えても意味がないことはわかっているけれど、つい訴えてしまうくらいに、私にとっては難しかった。

本番が終わると、クラスのみんなは踊れてよかったとか、あそこ間違えちゃったとか、お客さん盛り上がってたとかいろいろ興奮気味に話していたけれど、私はもうその場から動けなくなってしまうんじゃないかと思っていた。

あのときに抱いた気持ちをなんて呼べばいいのか、私は未《いま》だにわからない。

「そういえば、尚輝、東棟の幽霊のうわさとか知らないの？」

「幽霊のうわさ？」と、尚輝はまたオウム返しをする。私は上半身を起こした。

「そう。夜になると幽霊が出るってうわさ。夜遅くまで学校に残ってた生徒が、不審な音を聞いたり、人影が動いているのを見たって……」

そこまで言って私は気がついた。

「それってもしかして」

「俺のことだったんじゃねえの？」

馬鹿みたあああい、と大声をあげて、私はまた寝転んだ。みんな結構そのうわさに怯《おび》えてるんだよ？　と笑いながら、私は携帯の電源を切った。

◆

高校は進学校だったから、ほとんどのクラスメイトが国公立大学進学を目指していた。中には専門学校に進む人もいるが、それはほんの一握りで、私立を目指す生徒も含めほぼ全員がセンター試験を受験する。

尚輝がジムショに所属しているという事実は、そんな高校の中では中学とは違う意味で異色だった。尊敬のまなざしというよりは、異質なものかどうかを見定めるような目で尚輝を見る人が多かった。シゴトがあると言って尚輝が授業を休むたび、先生たちは顔をしかめた。生徒の中でも、「芸能人にでもなるの?」と嘲笑めいた言い方をする人もいた。私はそんな言葉を聞いても、何も言い返すことができなかった。ただ好きなことを続けている尚輝のことを、なぜもっと素直に見守ることができないんだろう。心の中の思いを声に出すこともちろんできずに、私自身、自分の毎日を消費していくことで精いっぱいだった。

文化祭が終わると、あっというまに冬が来る。私たちの高校では、高校二年生の三学期は高校三年生の零学期だと言われていた。つまり、高二の冬からもう受験生だ、という意味だ。ここで学年の空気ががらりと変わる。センター試験まであと一年、という事実に、先生も生徒も気を引き締めるのだ。

高二のその時期だったから、余計悪かったのかもしれない。尚輝の「シゴト」が、本格的に増え始めた。レッスンが大変だ、というのが尚輝の口癖になり、授業を休む日も増えた。

クラスのみんなが堅実に自分の将来について考える中、尚輝の存在はますます目立つものになった。中学までの勉強ならばなんとかなったかもしれないが、大学受験を前提にした高校の授業に、尚輝はどんどんついていけなくなっていた。

私は得意の英語を中心に、根気強く尚輝に勉強を教えていた。だけど、日本史などの暗記科目は、やっぱりそれだけではどうにもならない。

尚輝はだんだん学校に来られなくなっていった。「今日、尚輝くんのお母さん、高校から呼び出されたんだって」ある日、視線は鍋の中に落としたまま、台所にいる母がそう言った。

「出席日数、危ないんでしょ？　テストも赤点ばかりだっていうし。いつまでもダンスなんてやっていられるわけじゃないんだからねえ……孝子からも何か言ってあげたら？」

尚輝はひとつも悪いことをしていないのに、いつのまにか悪者のような扱いを受けていた。同じ中学で、散々かっこいいかっこいいと騒いでいた女の子たちも、語呂合わせの古文単語を覚えるのに必死そうだった。

私は、尚輝はいつまでもダンスを踊り続けていくように思えた。苦しいくらいに、そう思えた。

そしてその日は突然やってきた。高二の三学期の期末テスト、尚輝は全日程を無断欠席した。「学校に行く」と家を出た尚輝は、そのまま電車に乗ってシゴトに向かったという。尚輝の母親はすぐに学校に呼び出された。そんなうわさは学校中に一瞬で広まったけれど、みんな、「やっぱり」という顔をして、すぐ教科書に視線を戻しただけだった。

尚輝はその日に高校を辞めた。塾が終わり家に帰ると、「もう本人から聞いてるだろうけど」と前置きをした母が、「尚輝くん、高校辞めたんだってね」と言った。私は尚輝から何も聞いていなかった。

きっと何かあったら話してくれるだろうと思っていた。母から聞いただけでは、尚輝が学校を辞めたという事実は、私の中に深く沈んでこなかった。そんなウソみたいな話、心の表面でぷかぷかと浮いている気がした。現実味がなかった。心のどこかで、尚輝がどこか遠くへ行ってしまうかもしれないと思ってはいても、それが本当に現実になるなんて考えていなかった。

だけどその日から尚輝は実際に学校に来なくなったし、そのうち、尚輝の話をする人もいなくなった。

そのとき、わかってしまった。

私も、こっち側の人間なんだ。尚輝がいなくなったって、今まで通り生きていかなくてはならない。尚輝がいなくなったことよりも、それでも今までと変わらず生活していくということのほうが、現実的な重さを持ってお腹の底にまでゆっくりと沈んでいった。

尚輝が受けなかった期末テストの順位表が配られた日の夜中、部屋で勉強をしていると、携帯電話が鳴った。

メール。尚輝からだった。

汗ばんだ指でボタンを押した。たった一行のメールだった。

【あと五分後、6チャンネリ】

打ち損じに、小さく笑ってしまう。6チャンネル。あと五分後ってことは、夜中の一時だ。私は急いで階段を駆け下りて、テレビのあるリビングへと向かった。親や弟を起こさないように、音量を小さく絞って、電気も点《つ》けないで、テレビの近くに座った。

やがて、観《み》たことのない歌番組が始まった。デビューして間もないアーティストを紹介するような番組だった。何があるんだろうと思って観ていると、ヘッドマイクを付けた高校生くらいの若い女の子が水着みたいな衣装で登場した。MCのお笑い芸人と軽いトークをしたと思ったら、画面が切り替わり、色鮮やかなセットの中、バレバレの口パクで歌いだした。

私はそこで、小さく声をあげてしまった。

バックダンサー。尚輝がいる。

尚輝が踊っている。踊っている。テレビの画面の中で。黒髪が茶髪になっている。キャスケットのようなものを被《かぶ》って、冬なのにタンクトップで。細く引き締まった健康的な腕が、筋肉のついた足が、シルエットの大きな鮮やかなスニーカーが、形のいい耳たぶが、幼いころから変わらない薄いくちびるが。

そのとき、私のてのひらには、今日配られた期末テストの順位表が握られたままだった。こぶしに力が入る。情けない音がして、紙が潰れた。

尚輝はあの日、テストなんて受けていてはいけなかった。私は誰もいないリビングでひとり、確信した。尚輝は、あんな狭い教室で、てのひらを鉛筆の黒鉛で真っ黒にして、背中を丸めて机に向かっていちゃいけなかった。クラスの誰かは、ダンスなんかして将来どうするんだって言うかもしれない。だけどそういうことじゃない。そういうことじゃないんだ。だって私には、こんなこと絶対にできない。

てのひらの中でくしゃくしゃに潰れてしまった右肩下がりの折れ線グラフなんかに、私はがんじがらめになっている。こんなに細い線が少し傾いただけで、私はお腹が痛くなったりするんだ。結局、私は何も変わらない。あの日屋上に行っただけで、私は何も変わらなかった。

私はそのとき、尚輝はもう私たちの知らないところに飛び立っていったんだと思った。そう思ったとたん、たたんでいた膝こぞうから力が抜けていくような気がした。私が幼いころからずっとずっと恐れていたことが、するりと靴ひもでもほどくかのように、いとも簡単に行われてしまったと思った。そして、あの日、尚輝がいた文化祭の日に抱いたさみしすぎる気持ちが、そのときよりももっともっと鮮明に、圧倒的な迫力を持って、私の中でもう一度爆発した。体操座りをすることで、より小さくなってしまっている私の胸の中で、何度も何度も爆発した。

◆

春の朝はまだ寒い。だけど尚輝は薄いTシャツ一枚で大丈夫みたいだ。

「高一の、文化祭の日ね」

私は、大きな声で言った。「ちょっ」と尚輝がたじろぐくらい大きな声だった。なんだかわからないけれど、携帯の電源を切ってしまったら、もういいか、という気持ちになった。

ローファーを脱いだ勢いで、靴下も脱ぐ。左足のソックタッチがぺりぺりとはがれて、ふくらはぎより下の部分がむきだしになる。

風がさっきよりも強く吹いている。生きているみたいに動く黒髪を指で押さえて、私は腹から声を出す。

「私、あの本番の舞台、多分一生忘れられないと思うんだ」

尚輝はすぐ忘れちゃうかもしれないけどね！　私の精一杯の声は風に乗って流れていく。ボールを投げたように、ひゅん、とどこまでも飛んでいく。

文化祭当日。私の立ち位置は尚輝の後ろの後ろで、観客の目につきにくい場所だった。私はその場所で精一杯踊ろうと思った。尚輝に教えてもらった通りに、悪い意味で誰かの目に留まらないように。

「尚輝が踊るところ、あんなに近くで見るの、あれが最後だったのかもね」

みんなで衣装に着替えて、円陣を組んで、幕が上がるのを待った。そのときまでは、みんな一緒だった。同じ気持ちで緊張し、高揚し、舞台が始まるのを待った。文化祭独特の空気の中で、私も隣の女の子と手を取り合ったりしていた。

「私、多分、ずっと忘れないよ」

だけど幕が上がって、私はハッとした。スポットライトが当たっても、音楽が始まっても、踊り出しても、その感情は変わらなかった。

だって今、尚輝以外の誰にも、スポットライトなんて当たっていない。

私はそう直感した。実際は全員にライトは当たっている。だけど、同じ舞台に立っていながら私は、観客のような気持ちになっていた。同じ舞台に立っているはずなのに、尚輝はその上にある別の舞台の上に立っているように見えた。

あの中でたったひとり、尚輝だけが、舞台に立つべき人だった。

「私、本当は、あの時にもう覚悟してたのかも」

空に向かって話しかけているみたいだ。裸足の指と指のあいだを、春の朝の風がするりと通り抜けていく。足の裏が、薄荷《はっか》キャンディを舐めたときのように、すー、としている。

「尚輝は多分、私の知らない世界へ行っちゃうって、覚悟してたのかもしれない。さっき尚輝は、自分が持ってないものを孝子は全部持ってるって言ってたけど、私が持っているものなんて、誰でも持ってるんだよ」

　口から飛び出した途端、私の声は風にさらわれてばらばらに飛び散ってしまう。尚輝はちゃんとかき集めてくれているだろうか。

「尚輝は、私の持ってないものを全部持ってる。つまり、みんなが持ってないものも、全部」

　途中で、なんでこんなことを話しているんだろうと思ったけれど、止まらなかった。呼び出されたのは私のはずなのに、私の方が話をしたくてたまらなかったみたいだ。ちらりと横を見ると、メガネのレンズを通していないぼやけた視界の中で、尚輝がまっすぐ空を見つめているのが見えた。

　瞳も、青いTシャツも、浮き出た血管も、そのままあの春の青空にくるまれてどこかへ行ってしまいそうだ。こんなに空に近い場所にいると、そんな気持ちになる。

「こんな、真面目で、校則もぜーんぶ守って、学級委員とかやって、親に言われたとおり地元の国立受けて、昨日だってずっと油性ペン探してたりして、屋上にだってびくびくしてなかなか来られないような私が持ってないものを、尚輝は全部持ってるんだよ」

だからがんばってね。

私の憧れで、いつづけてね。

最後のほうは、声になっていたかもわからない。胸のあたりにある水分を全部絞り取られているような気持ちになって、うまく声が出なかった。

恋心とか片思いとか、そういう甘い思いじゃない。もっともっと辛《つら》くて、苦くて、憧れて、憎くて、焦って、もう二度と味わいたくないような思いを、私は尚輝に対して何度も感じてきた。

スカートの中に風が入ってきた。もう、折り目なんてどうでもいい。

そこで、チャイムが鳴った。不意だった。

空から、一音一音、落ちてきたみたいだった。

きれいな音だ、と思った。卒業式の始まりを告げるチャイム。チャイムってこんな音をしてたんだ。いつもと違うふうに聞こえる。

「……私、こんなところでチャイム聞いたの、初めて」

「初めてのサボりが、卒業式？」

「そうみたい」

「カッコよすぎだろそれ」

チャイムに負けないように、尚輝も大声を出す。マンガなんかだときっと、ここでわけもなく笑ったりするんだろうけど、私は泣きそうになっていた。ふう、ふう、と不自然なリズムで息をしながら、涙が出るのをこらえた。だってこれは、尚輝の卒業式が始まるチャイムだ。私はそう思った。尚輝が、私とは本当に違う世界に消えていってしまう始まりの鐘の音だ。

自分が高校を卒業してしまうとか、クラスのみんなとばらばらになってしまうとか、この校舎が取り壊されてしまうとか、そんなことどうでもよかった。ただ、これから高校生とは呼ばれない時間を生きていくことになる私たちの道のりは、きっともう本当に、二度と交わることはない。

私はこの春から、地元の国立大学に通う。英語教師が、自分の本当の夢なのかもわからないままに、進学する。だけどそれはきっと正しい。少なくとも、間違ってはいない。私にとって、それが一番幸せなことなんだ。

ふう、ふう、と不自然な息をしていると、体育館から、吹奏楽部の演奏する〝威風堂々〟が聞こえてきた。卒業生が入場しているのだろう。そういえば、私は、クラスの代表として卒業証書を受け取る係だった。入場の列でも、クラスの先頭は私だった。そういうことを考えるとやっぱり少しお腹が痛くなる。

だけど、いいや。今は尚輝と同じ景色を見ているほうが、いい。

「ほんとにサボっちゃった」

あきらめたように私がつぶやくと、尚輝はひょいっと立ち上がった。学校に関わる人はみんな体育館に入っているはずだから、もう立ち上がったって何を叫んだって大丈夫だろう。私は寝転んだまま、ジーパンをぱんぱんと払う尚輝のてのひらを見ていた。ぽろぽろと、さっき食べたチーズケーキのかけらが落ちてくる。

「こういう日に初めてサボるってのが、孝子らしいね」

尚輝はそう言って、キャップをかぶりなおす。下から見上げていると、青空から尚輝が飛び出てきたみたいに見える。尚輝が、あの青を全て背負っている。

夏でもないのに、尚輝の周りの空間がゆらゆらとゆらめきだした気がした。あの日、空気が波打つような暑さの中で、尚輝は踊っていた。初めての屋上にドキドキする私の前で、ゆらゆらと逃げ水の中でゆらめいて、追いかけた分だけまた離れていくみたいに、踊っていた。

「やっと式も始まったことだし、ほら、孝子も立って」

尚輝はそう言って手を差し出してきた。私は遠慮なく引き上げてもらう。ズレてしまったメガネを直して立ち上がる。寝転んでぐちゃぐちゃになってしまっていた体の中身が、元の位置に戻るような感覚がする。

「俺、あした、大きな仕事のオーディションがあるんだ」

尚輝は、その目いっぱいに私の姿を映す。やわらかい茶髪が風に乱れて、どんな表情をしているのかわからなくなる。

「最後に、孝子に俺の踊ってる姿、見てもらおうと思って」

うん、と私は頷いた。体育館のほうからはたまに、拍手の音とか、国歌のメロディとかが細く細く聞こえてくる。尚輝はスピーカーの音量を最大限まで大きくした。卒業式がどこかへ飛んでいく。

ここが舞台に見える。世界中で私しか知らない、尚輝の舞台。

「俺の姿見てもらいたくて、呼んだんだ」

尚輝がそう言って、私が、うん、と頷いたとき、不意に風が止《や》んだ。スカートもTシャツの裾も髪の毛も動かなくなったとき、私は気がついた。

尚輝が泣いていた。

泣きながら、踊りだした。まるで汗のように、小さな涙の粒が飛んだ。私はここで、絶対に自分は泣いてはいけないと思った。私が泣いたらダメだ、絶対にダメだ。

わかっていた。尚輝は不安なんだ。ずっと前から、ずっと不安だったんだ。私は、小さなころから、尚輝がどこかへ行ってしまうんじゃないかって不安だった。こんな小さな町も、教室も、テストも似合わない尚輝がきらきら輝いて見えていたから。私のできないことを軽々とやってしまう尚輝の背中を追いかけていれば、私もどこか違う場所へ行けるんじゃないかと思っていた。

尚輝は踊る。涙もぬぐわずに、ただ踊る。

尚輝はどれだけ不安だったのだろう。どれだけ怖かったのだろう。自分だけ、みんなと違う道へと踏み出すことを決めたとき、退路を断つと決めたとき、尚輝はどれだけ怯えていたのだろう。

それでも、踊る尚輝の姿は美しい。気がつくと私は、ふう、ふう、と、また不自然な呼吸をしていた。メガネをきちんとかけているはずなのに、視界がゆらゆらとゆらめいてくる。

あの日見た逃げ水みたいだ。近づくことのできない逃げ水の中で、尚輝が踊っている。もう、私の手では、触れることはできない。

裸足の足の裏から、コンクリートの冷たさが伝わってくる。尚輝がたったひとりで背負っていた自由の冷たさが、私の体にも染み込んでくる。

私が笑って、大丈夫だよ、がんばれって送り出してあげないと、絶対にダメだ。それが私にできる唯一のことなんだ。私が泣きだしたら絶対にダメだ。ふう、ふう、と息をしながら、私は様々なことを思い出していた。

幼かった日々、初めてこの屋上に来た日、文化祭のステージ、夜中に暗いリビングでひとりで観たテレビ。習いたくなかったピアノ、なりたくなかった学級委員、見つからなかった油性ペン、四月から通う地元の大学。

何が幸せで、誰が正しいかなんてわからない。ただ、私はふう、ふう、と息をしながら、涙を散らして踊る尚輝を見つめていた。春の青空の下で、長い四肢を精一杯に使って踊り続ける尚輝の姿を、ただ見つめていた。

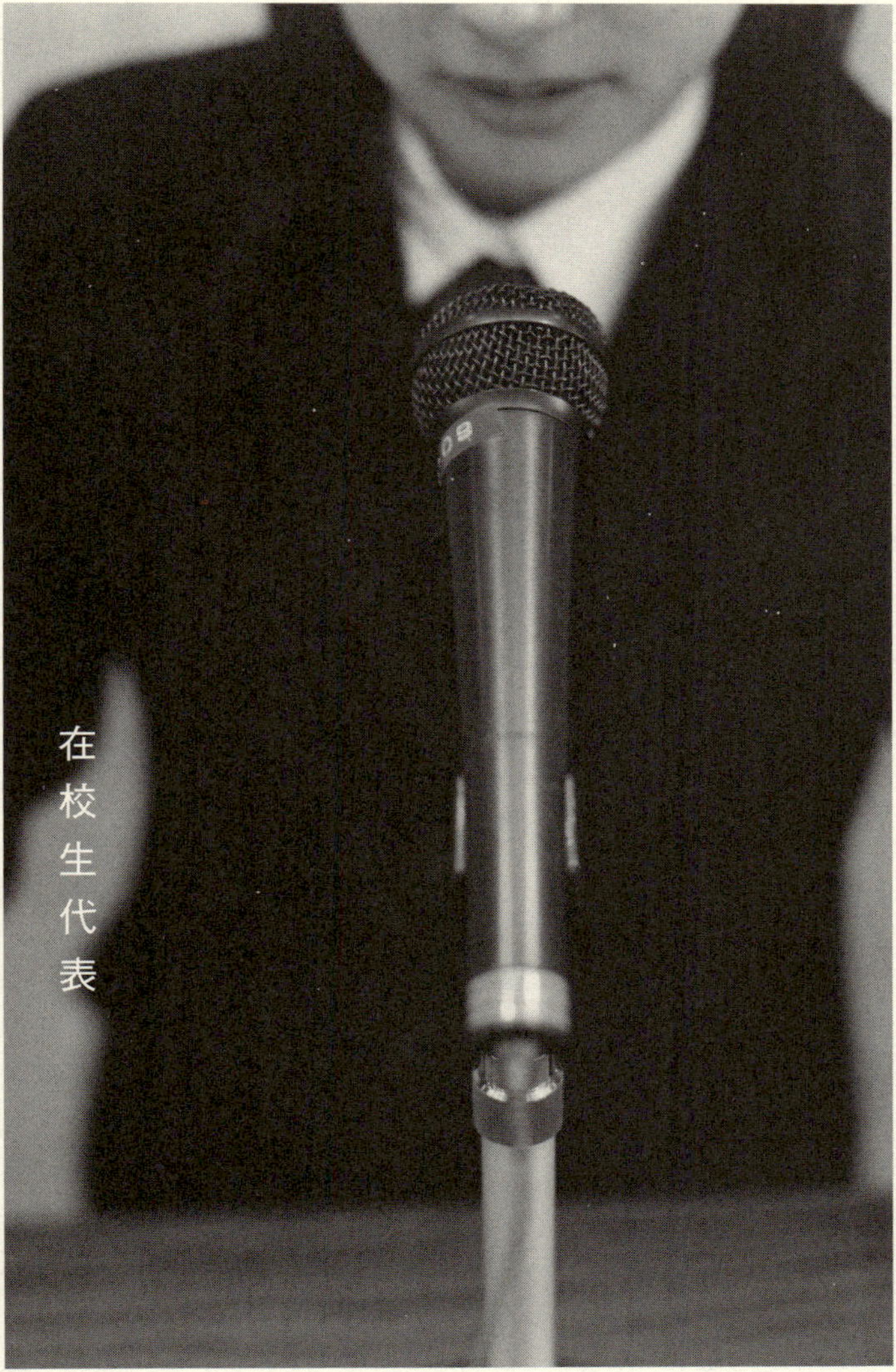
在校生代表

送辞。

なかなか解けなかった河川敷の雪もきれいな川の水に変わり、季節は巡っていくことを再確認させられます。今年の冬は寒さが一段と厳しかったせいか、今日という日の春の陽射《ひざ》しはとてもやわらかく感じます。

卒業生の皆さん。本日はご卒業おめでとうございます。

いま先輩がたは、胸に希望と夢を抱いて、この素晴らしい門出の席にいらっしゃることと思います。

先輩がたは私たちの最上級生として、部活動、勉強、生徒会活動などで、時には優しく、時には厳しく、私たちを導いてくださいました。そんな過ぎ去った日々のことが懐かしく思い出され、感謝の気持ちと共に、お別れをしなければならないという寂しさがこみ上げてきています。

いつだって私たちの目の前には、先輩がたの大きな背中がありました。先輩がたの背中についていけば間違いないと、私たち在校生はいつも思っていました。たった一年間の差ですが、先輩がたの背中は私たちのそれとは比べものにならないくらいにとても大きく、頼りがいがあり、未来へと伸びていく大木のように見えました。

だけど私には、それが切なく見えるのです。ある人の背中が私の知らない未来へと遠ざかっていくことが、今、とてもとても悲しいのです。

今から、その話をしたいと思います。えーっと、少し静かにしてください。今、ドラマみたーいっていう声が聞こえましたが、そういうことです。今からそういうことをしようと思っています。この高校最後の卒業式ですが、こんな風にしてしまってすみません。だけど最後にこういうことが起きるっていうのも、素敵ですよね。

かなり長くなると思いますが、このあとの校長先生の話を短くすればタイムテーブル的にも問題ないと思います。あ、よかった、笑ってくれてありがとうございます。ここで笑いが起きなかったらどうしようかと思っていました。

そういえば、今日でこの高校に通うのは最後なんですよね。私たち在校生は、新学期からひと駅分離れた高校に通うことになります。新しい高校は、相当な進学校みたいです。だけどここも負けず劣らずすごかったですよね？　定期テストのときなんて教科別に上位五十人分の順位が貼り出されて。私の場合、担任の前野《まえの》先生がその順位表を作る人だったから大変でした。貼り出される前から「岡田《おかだ》、今回下がってたぞー」なんて言われたりして。下がってたって何が？　チャック？　……今の笑うところなんですけど……。

言っときますけど今ので笑わなかったらこれから先あんまり笑うところないですよ。それでは話します。壁際の先生たちは窓でも開けてください。女子は少し寒いかもしれませんね。このスカートぺらっぺらですもんね。だけど私、このままじゃ顔が熱くて大変なので、風が欲しいんです。前置きが長いですか、ごめんなさい、心の準備ができていないんです。

さて、話します。

いきなりですが、私の担任は前野先生です。さっきも話しましたけど。国語の、そう、順位表作ってる人。あ、あだ名で言ったほうがわかりやすくていいですかね、ザビエルです。二年C組のみんな、笑いをかみ殺さなくてもいいんだよ。一年生とかは知らない人もいるのかな？　そう、そうそう頭のてっぺんがやばい先生。これで一年生もわかりましたか？　ザビエルごめんね、でもこの名前のほうがいつも通りで話しやすいんだ。だからこれでいかせてね。

私はザビエルにある頼みごとをしていました。それも三つも。一つ目は、この送辞を添削していただくこと。お察しの通り、今の「していただくこと」という部分はザビエルが添削してくれた部分です。あとザビエルはいちいち「ザビエル」の部分に二重線を引き「前野先生」と訂正しましたが、それは無視します。だって私一回も前野先生なんて呼んだことないし。

二つ目は、送辞でこの文章を読ませてもらうこと。ザビエル、学年主任にも教頭にも校長にも話を通してくれたんだってね。これはザビエルが協力してくれなかったらどうにもならなかったよ。ほんとにありがとう。この場を借りてお礼を言わせてください。この高校最後の卒業式なのにこんなことをさせてくれて、ほんとにほんとに感謝してます。

え？　睨《にら》んでませんよ。私、目悪いんでね、遠くの人を見ようと思ったらこういう目つきになってしまうんですね。ザビエルのことめちゃくちゃ睨んでるかと思った？　ほんと？　こんなにありがとうございますとか言ってたのに？

そして、三つ目。これはのちのち話します。ただそれは、今話したふたつとは違って、ずっとずっと前からザビエルが応えつづけてくれている頼みごとです。ザビエルはほんとにいい先生です。先生泣かないで。あ、別に泣いてない。全然泣いてない。花粉症なんですね。

ここからやっと本題に入れます。

私個人の、忘れられない背中の話です。

◆

　卒業式のあとのライブって、けっこう伝統ある恒例行事なんですか？　あ、そうなんですかーへー二十年くらい前から？　すごーい。もちろん今年もやりますよ！　生徒会がんばって準備しましたよーぜひ来てくださいね！

　去年、まだ、まゆ毛は薄ければ薄いほどカッコいいと勘違いをしていた一年生の三月、私は初めて卒業ライブを見に行きました。私はぶっちゃけ卒業式なんて大嫌いだったんですよね。だって、前日から椅子がずらーって並べられちゃって、そんなの私たちバスケ部にとってはメーワク極まりないんですよ。式の前日だけならまだしも、式の当日も体育館でライブなんてやられたら二日連続で部活ができないんですよ！　だから正直、去年の式の時点で私はアンチ卒業ライブでした。学生バンドなんて聴いて何が面白いんだーって部室でがーがー言ってました。いや、でもそれは去年の話なんで。しかもライブ見る前の話なんで。

　だけど、部活仲間のよっちゃんが、ゴメンねもう名前出しちゃうね、よっちゃんが「カッコいい先輩がベースやってるらしいから亜弓《あゆみ》も見に行こー！」なんて言い出しましてね。しかもそのあと、女バスのキャプテンだったゆっこ先輩が実はサポートメンバーとしてキーボードを弾くなんてことを知ったんで、見に行ったんですよ。ゆっこ先輩も言ってくれればいいのに、確かにゆっこ先輩ピアノめっちゃうまいんだよね、なんて、てのひらを返したように騒ぎながら体育館に入ったんです。

去年の卒業ライブ、すごく盛り上がりましたよね。確かにベースの先輩はめっちゃくちゃカッコよくて、よっちゃんもキャーキャー言ってたよね。よっちゃんはちゃっかりオペラグラスなんてものも持ってきていて、ベースの先輩に夢中でした。ゆっこ先輩もバスケしてるときとはまた違ったカッコよさで、みんなでキャーキャー言ってました。さっきまでライブのせいで部活できないーとか言ってたくせに、もうそんなこと忘れて大盛り上がり。

だけど私は、そのときから音楽は耳に入っていなかったんです。

体育館のステージ付近では上着を脱いでシャツだけになった人たちがぎゅうぎゅうづめになって跳びはねていて、みんなもう汗だく。体育館の窓は全部真っ黒いカーテンで隠されて、明かりは生徒会が操る色とりどりのスポットライトだけ。大音量の生演奏に、闇に、ライトに、汗に、卒業。私たち高校生の中にあるエネルギーがむきだしになると、ああいう温度になるんですね。あの空間はまるで、校則でがんじがらめのこの高校からぽっこり切り取られていたようでした。みんなでタオルを振りまわして、女子は化粧も落ちて、男子は脱ぎだす人たちとか出てきて。

ステージ上のバンドは、キミとサヨナラとか、またイツカとか、そういう歌を大声で歌っていました。だけど私はそんな中で、ある場所から目が離せなかったんです。そして、それはステージの上じゃありませんでした。

あのライブを仕切っているのは、生徒会です。今年は私が仕切るように、去年のライブでは今の卒業生の方々が企画をしていました。会場準備から機材のレンタルやらタイムキーパーやら、全て生徒会が取り仕切ります。その手作り感があの空間を作り出すのかもしれません。

私は最前列にいました。後ろから迫ってくる男子に押しつぶされそうになりながら、まっすぐその場に立ち続けていました。リズムを取ってもいませんでした。周りはとにかく跳びはねています。逆に音楽を聴いていないんじゃないか、と思うくらいに跳びはねています。だけど私は動けませんでした。沸騰したお湯のような空間の中で、私だけが自分の体温を保っているようでした。

私は、照明をやっている男子生徒の横顔から、目が離せませんでした。

体育館のステージを赤や青のライトで照らしているその男子生徒も、顔じゅうに汗をかいていました。ライトは熱いのかもしれません。それだけなら、私だってそんなに注目しませんでした。

だけどそれは違いました。

その男子生徒が、泣いているように見えたのです。

私はよっちゃんからオペラグラスを奪い取り、一瞬でその涙を確認しました。よっちゃんにすぐ奪い返されました。

ライトの色を変えるたびに、彼のメガネのレンズはセロファンのようにいろいろな色に染まっていました。そのたび、彼の見ている世界が色を変えているのかと思うと、私はなぜだかとても切なくなったのです。

黄色いライトで照らされた、瑞々《みずみず》しいレモンのような彼の頬に線を引くように、涙が一筋伝っていました。そこから光が放たれているはずなのに、私には彼の涙に光が集まっているように見えました。

見てはいけないものを見てしまったという気持ちと、ずっとこのまま見つめていたいという気持ちが、私の心の中でどろどろと混ざり合いました。

私は目がハート形になっているよっちゃんの袖を摑《つか》み、「あの照明の人、名前なんて言うの？」と訊《き》きました。だけどよっちゃんは生涯最大級であろう縦揺れの中でイケメンベーシストの重低音を感じており、私の質問に答えるどころではなさそうでした。あのときのよっちゃんは少し怖かったです。

そのあと私は、どうにかして彼の名前を調べました。バスケ部の先輩以外で上級生の人の名前なんてたったひとりしか知らなかった私は、そのたったひとりの名前と彼の名前が一致したとき、驚きを隠せませんでした。

田所先輩。

私はその名字を聞いたとき、すぐに下の名前が「啓一郎《けいいちろう》」だとわかりました。田所啓一郎、という名前は、いつだってテストの順位表の一番上にありました。私たちの学年には不動のトップと呼ばれる生徒がいなかったので、学年は違えど、田所先輩の名前は私でさえ知っていました。いつも順位表を貼り出す前に、ザビエルがたぬきのような腹を抱えて「田所はすげえなあ」と言っていましたから。

そして、まだ皆さんに話していない三つ目の「頼みごと」。このとき私は、ザビエルにその頼みごとをしました。聞いたザビエルはこう言いました。

そんなことを頼んできたのは、お前が初めてだよ。


田所先輩は当時、生徒会の副会長をやっていました。最高学年になる四月からは会長を務めるといううわさも流れていました。私はそれを聞いて、生徒会に入ることを決めました。それを相談したとき、よっちゃんは「亜弓はどうしようもないバカだ」って言ってくれたね。生徒会に入ったら部活もあんまり出られなくなるし、何よりまゆ毛を生やさなくちゃいけないって言ってくれたたね。でも卒業式が終わってすぐ、来年度前期生徒会の選挙があったから、私はまゆ毛もそこそこに立候補しました。結局よっちゃんが推薦者をやってくれて、私はギリギリで当選しました。きったない字で書記を務めることになりました。選挙結果が出たとき、ザビエルは一瞬大笑いしてからすぐに神妙な顔になりました。この高校大丈夫か？　って。最後の一年間なのにって。

私は今期も生徒会を続けています。今ではこうして送辞を読ませていただけるようになりました。今の丁寧な一文もザビエルの添削のたまものです。

そして今年も、卒業式のあとには卒業ライブが行われます。

そこで照明をやるのは、私です。

◆

危なかった、今、「私が、照明です」って言いそうになりました。そう言ってしまうとちょっとニュアンス変わっちゃいますもんね。

まだ話します。え、何びっくりしてるんですか、まだ全然始まったばっかりですよ。ザビエルもこの送辞の下書き見て長さにびっくりしてたもんなあ。もうこの際校長先生の話を割愛するっていう方向で……え？　睨んでませんよ。校長先生怯《おび》えないでください。さっきも言いましたけど、私、目が悪いだけですから。

生徒会のメンバーは、会長、副会長、書記、総務、会計二人。「生徒会」と呼ばれるのはこの六人で、他に各委員会の委員長たちが文化祭運営に協力してくれました。書記の私、総務の男子、あと会計のうちの一人の女の子は二年生でした。

顔合わせの日、私はとても緊張していました。まゆ毛のない私なんかが生徒会室に入ってもいいものかとも思いましたし、部活以外に違う学年の人と関わることなんてなかったですし、何より、田所先輩がいたからです。

二年生になったばかりの放課後の生徒会室は、どこかひんやりとしていました。グラウンドでは、新一年生が戸惑いながらもいろんな部活を見て回っていました。サッカー部が人気で、マネージャーになりたいという女の子が数人、ハンドタオルで口を隠すようにしながらグラウンドの砂の上に立っていました。バスケ部大丈夫かな、なんて思いながらも、私は両てのひらをグーにしてスカートの上に置いていました。

教室にある椅子と同じものなのに、生徒会室の椅子はとても硬く感じました。田所先輩は、私から一番遠いところに座っていました。学ランの第一ボタンは開いていて、中から清潔そうな白いシャツが見えていました。

薄い水の膜で隔てられているように、遠くに座っている田所先輩の姿はよく見えませんでした。ただ、先輩はあのときと同じようにメガネをかけていました。そして、中心に寄るように立てられた短い黒髪とふっくらとした頬、それに、す、とした細い顎は、やっぱりレモンを思わせました。

この人は、黄色いライトに照らされていなくてもレモンに似てるんだ、と私は思っていました。思ったよりのどぼとけが出ている。思ったよりもほりが深い。思ったよりも腕に筋肉がある。

よく見ていると、定かではない輪郭線がぐにゃりと歪《ゆが》み、その小さな丘のような頬に何かが伝ったような気がしました。

涙。

私は、田所先輩のあのときの涙が忘れられませんでした。あのとき先輩が流した涙が、私の血管の中で流れているみたいでした。

不意に、田所先輩は言いました。

目、悪い？

一瞬、私は止まってしまいました。

だけどすぐに、はい、と答えました。私はそこで我に返りました。もちろん、田所先輩は泣いてなどいません。

俺、近眼だから、そういう睨むみたいな目つきになっちゃうの、わかる。

田所先輩は笑いながらそう言うと、じゃあキミから自己紹介して、と私に起立を促しました。

睨んでんの？　と言われることは、これまで何回もありました。違うよ、目が悪いだけだよ、と答えることだって、これまで何回もありました。

好きだな、と思いました。本当はずっと前から思っていたのかもしれませんが、明確にそう思ったのはこのときが初めてだったと思います。

◆

前期の生徒会活動の目玉は、なんといっても夏休み明けすぐの三日間の文化祭です。わが高校の文化祭は、皆さんもおわかりかと思いますが、けっこう大規模ですよね。やっていることは模擬店とかお化け屋敷とか演劇とかバンドとか、特に目新しくはないんですけど、ってこんなこと言ったら誰かに怒られそうだな、とにかく皆さんも文化祭はとっても楽しんでくれたと思います。

私は最終日の後夜祭が一番好きです。祭りが行われる三日間で使用した段ボールや小道具などを全て燃やすキャンプファイヤー。あれ、ブルーシートの敷かれた特等席に座っていられるのって、カップルだけなんですよね。あれって伝統なんですか？　そしてそのあと、祭りを締める大花火。私はあの瞬間がほんとに大好きです。あの瞬間、急にカップルが増えるんですよね。ムカつくけど、本当にいい空間です。

私たち生徒会は、この三日間のために春から準備を進めます。私は実際に運営に携わってみて、ただ参加するだけでよかった高一の時は本当に楽だったんだなと実感しました。皆さん、いまさらですが感謝してくださいね！　文化祭の運営って、ほんとにほんとに大変なんですから！

……マイクがハウリングしましたね。ごめんなさい。でもこれで目が覚めた人もいるんじゃないでしょうか。ていうかザビエル寝てたよね？　びくってなったの見てたよ？

前期の生徒会が結成されてからすぐ、文化祭の仕事が始まりました。まず、テーマやスローガンを考え始めました。そしてどういう仕事があるのか挙げていったり、しおりを作るための有志を募ったり、クラス、部活の出し物の希望を取ってあまり内容がかぶらないように調整したり……。

たくさんの仕事を通して、生徒会メンバーはどんどん仲良くなっていきました。話していくうちに、田所先輩はピアノが弾けるとか、中学のときは陸上部だったとか、いろんなことがわかりました。はじめは私のうるささが迷惑がられるかと思ったんですが、意外とそうでもなくて安心しました。同学年の子もあまり普段は接点がないようなタイプの子たちばかりだったので不安でしたが、すぐに私はネズミ花火のように騒がしくしゃべるようになっていました。時々生徒会室の前を通りかかるザビエルに「岡田うるさい！」と注意をされました。このときザビエルはまだ、私の頼みごとの真意に気づいていなかったと思います。

夏になりました。

もうとにかく暑くて暑くて、授業どころじゃない。汗がノートと腕をくっつけちゃうし、男子は学生ズボンをひざまでまくりあげるし、女子も下敷きでシャツの中を扇いだりしてやたらセクシーになる時期です。そうそう、新しい高校にはどの教室にも冷暖房が完備されているみたいです。それはとっても嬉《うれ》しいですけど、私は真夏の教室が嫌いではありませんでした。みんなで暑い暑い暑い暑いって言っているのが、少し好きでした。

だけど、皆さん知っていましたか？　生徒会室には扇風機があるんですよ。ええーとか言わないそこ！

……またハウリングしましたね。何代か前の会長が自腹で買ったという扇風機は、首が動く機能が壊れてしまっていました。だから、みんな同じところに集まって作業をするんです。

私はよく、田所先輩に勉強を教えてもらいました。扇風機の風に当たるために身を寄せ合って、ノートは風にぱらぱらぱらぱらめくられて、それでも必死で風に当たりながら、私は先輩に勉強を教わりました。

先輩は数学と世界史が得意でした。私は、先輩が則天《そくてん》武后《ぶこう》の悪女っぷりについて熱弁する姿が好きでした。先輩の書くαとΣの形が好きでした。先輩がフリーハンドで描く美しい二次関数と接線との接点が好きでした。

お前、家でもう一回、ちゃんと自分の力でやれよ？

岡田はなあ、一回理解すると早いんだけどなあ。

あれ？　もしかして、亜弓のやり方のほうがスムーズに証明できるかも……。

私がわからない問題を先輩のもとへ持っていくほどに、呼び名が変わっていくようでした。田所先輩が私のことを「亜弓」と下の名前で呼ぶようになるまでに、私は数学の教科書のほとんどを使い切ってしまいました。

ノートにペンを走らせている先輩の横顔を見るたび、私は何度もあの日の涙を思い出していました。頰に小さなほくろを見つけたときには、あの涙はきっとこの上を通ったんだな、と思ったりしていました。だけど私はずっと、涙の理由を訊けずにいました。

扇風機はやがて、風の強さの調整もできなくなりました。「強」のまま、ある一点に向かって風を起こし続ける扇風機は、ある日私の数学のプリントを盛大に吹き飛ばしました。それは廊下にまで飛び散り、けらけら笑っている私を横目に、田所先輩はそれを拾いに行ってくれました。

そのときちょうど、ザビエルが通りかかりました。私は、まずい、と思いました。だけどもう手遅れでした。

おう、田所、がんばってるか。ザビエルは言いました。

ちょっと前野先生、岡田が大変なんですけど。先輩はザビエルに愚痴をこぼし始めました。

毎日勉強教えてくれってうるさくて。ほんとに全然できないんですよ、あいつ。まあ俺も去年の復習になるからいいんですけどね……。先輩はそう言うと廊下に落ちていたプリントを拾い集めました。

私はその会話を聞きながら、おでこ丸出しになるまで扇風機の「強」に吹かれていました。顔じゅうに集まった全身の熱を吹き飛ばすためです。

生徒会室に戻ってくる先輩の背後で、ザビエルがニヤリとしたのが見えました。きっと、フランシスコ・ザビエルが日本でキリスト教布教の手ごたえを感じたときもこんな風に笑ったんだと思います。

ザビエルが私の三つ目の頼みごとの真意を知った瞬間です。

試験の順位表を作っているのは、ザビエルです。私はそのザビエルに、こんな頼みごとをしていました。

私の名前を、順位表に載せないでほしい。

田所先輩、ずっと黙っていてごめんなさい。私ほんとは、はじめからシグマって読めてました。則天武后についてはどっちかっていうと私の方が詳しかったかもしれません。

大切な受験勉強の時間を割いてもらったのに、ごめんなさい。

私、成績はいいんです。順位表に載ってしまうくらいに。

田所先輩に近づきたかったんです。一冊のノートに顔を寄せ合って、たまにおでこをぶつけてしまったりしたかったんです。

◆

夏休みも目前になると、文化祭の準備が本格化してきました。思い出したくないほど、忙しい日々の始まりです。

夏休みと言っても私たちは毎日学校にいました。ちなみに、このあたりから私のまゆ毛は完全復活しましたよ。だけど今度は逆に整える時間もなくなるくらいでした。会場の時間の割り振り、バンド募集のポスター作り、前夜祭、後夜祭のプログラム決め、その台本書き、後夜祭のキャンプファイヤーと花火の手配、オープニング映像の撮影に編集。決めなければならないこと、作らなければならないもの、練習しなければならないことがとにかく山積みでした。私は部活と生徒会の両立でふらっふらでした。

ついに扇風機の動きにムラが出始めたとき、生徒会のメンバーにもかなり疲労が溜《た》まってきていました。特に私は時間があれば部活にも顔を出していたため、ザビエルに言わせれば「若さだけで動いている状態」になっていました。もうすぐ夏休みも終わってしまうのに、文化祭の準備は全く終わりが見えません。文化祭は新学期が始まってすぐの三日間です。

だけどいくら文化祭が近いからといって、学校で準備ができる時間は限られているわけです。まだまだ学校に残っていたいのに、先生たちから早く帰れと急《せ》かされます。

そういうときは、みんなで自転車をかっ飛ばしてどこへでも行きました。私は、徒歩通学の会計の女の子を後ろに乗せていました。国道まで出たところにある、二階席がいつもガラガラのミスタードーナツ、ドリンクバーとフォッカチオだけ頼んで何時間もいるサイゼリヤ、徒歩で通える距離にある会計の子の家。その子の家にはピアノがあったので先輩に弾け弾けと迫りましたが、「夜に弾いたら迷惑だろ」と冷静に断られてしまいました。

いくらお願いお願いと言っても、ピアノ教室に通っていたのは中学までだから、とかなんとか理由をつけて、先輩は絶対に弾いてはくれませんでした。

夏の夜は、いくら更けていってもまだまだ明るい気がしました。あのころの私は、後夜祭のキャンプファイヤーと大花火なんて、遥《はる》か遠い未来のように感じていました。

文化祭の三日間、私たちは休む暇もありませんでした。一度、私はピロティでのんきにチョコバナナを食べているザビエルを本気で殴りました。それくらい心も体も疲労していました。

◆

そして、最終日はあっというまにやってきました。最後にして最大のイベント、後夜祭はすぐそこです。ちなみに、キャンプファイヤーも大花火も、町の商店街の人たちが協力してくれてはじめて実行できるんですよ。もちろん、この交渉も生徒会の仕事でした。この高校出身の花火師さんたちは、毎年無料でこの文化祭を大花火で締めくくってくれます。

夕暮れ時、キャンプファイヤーは始まります。別名、告白タイムです。そこらじゅうでカップルができていく間に、全校生徒がグラウンドに集まって、各クラスの出し物で使った道具を燃やします。火の粉が降りかかるのも気にせず、みんな、自分の体より大きな段ボールを火の中に投げ込んでいました。

私はそのとき、休むなら今だと思いました。とにかく三日間働きとおしていた私は、もうくったくただったのです。

私の脳裏に壊れた扇風機が浮かびました。生徒会室だ、と思いました。

　ぱちぱちと音を立てて燃え盛る炎は、祭りの余韻を焼き尽くしているようでした。炎に照らされて真っ赤に輝く生徒たちの笑顔に背を向けて、私は校舎に向かいました。

　ドアを開ける前に、ふと生徒会室の中を見ました。

　中には、田所先輩がいました。

　陽も暮れた生徒会室で、電気も点《つ》けずに、田所先輩は一人で椅子に座っていました。窓越しに、グラウンドのキャンプファイヤーを見ていました。赤い灯《あか》りを受けとめて、頬はほんのりと光っていました。

　私はその場に立ち尽くしていました。

　その頬を撫《な》でるみたいに落ちていく涙の筋が、流れ星の軌跡のようで、とても美しかったからです。

　私はゆっくりとドアに手をかけました。田所先輩にずっと訊きたかったこと、今ならきっと訊ける、そう思いました。

　私がドアを開けたのと同時に、先輩は涙を拭きました。ひとさし指で簡単に、ビー玉をひとつ弾くみたいに、涙を拭きました。

　どうした亜弓、数学でわからない問題でもあるのか？　先輩は笑いながら言いました。

　先輩、私、数学以外にも、ずっとわからないことがあるんです。私は扇風機の電源を入れながら言いました。ついに、扇風機は動かなくなっていました。

羽根音のない生徒会室は、とても静かでした。グラウンドからこぼれてくる楽しそうな声は、この生徒会室をより一層無音にしていました。私は一度深く息を吐いてから先輩の隣に座って、言いました。

先輩の涙は誰のためのものなんですか？

扇風機が動いてくれればよかった、と私は思いました。体じゅうの熱が顔に集まって、私は倒れてしまいそうでした。

先輩は、もう一度窓の外を見つめました。

あのブルーシート、俺も座りたかったんだよね、去年。

まるでこの部屋だけ、世界の外側にあるようでした。普段なら言わないような言葉も、あのときならば言えてしまう。先輩もきっとそうだったのでしょう。

窓の外で、まるで深呼吸をしているみたいに炎はうねっていました。生徒会長の権限であのカップルシートなくしてやろうかと思ったけどな、と先輩は笑いました。

一度断られたって、今年またリベンジすればいいじゃないですか。私は言いました。

無理だよ、卒業しちゃったから。もう会えない。

先輩は窓の外を見たまま、そう言いました。わっと明るい炎がもう一度大きく燃え上がって、先輩の頬がレモン色に照らされました。その頬は、卒業ライブで照明をしていた先輩の頰と同じ色をしていました。あの日先輩は、ステージをライトで照らしながら泣いていました。私の頭の中で、先輩があのとき見つめていた視線の先が、ライトに照らされたように光りました。そのとき私は思いました。バスケもうまくてキーボードも弾けたゆっこ先輩は、自分のために泣いてくれた人がいることを知らないんだ。

私は言いました。

あの卒業ライブは、お別れの場だったんですね。

先輩はこちらを向きました。

キミとサヨナラとか、またイツカとか、私、すごく陳腐だなって思ってました。

私は、両目に力を込めて言いました。

だから先輩、ピアノを弾いてくれなかったんですね。

私の眉間にしわが寄っていました。

小さいころから、ずっと同じピアノ教室だったんだ。一番うまくて、一番きれいだった。

先輩は私を見て少し笑いました。

お前、この距離でも俺のこと見えないのか?

さすがの私も、そこまで目が悪いわけではありません。だけどあのときは、何かを睨んでいる振りをしました。目に力を込めていないと、私のほうが泣いてしまいそうだったからです。

ポスター用紙や余ったしおり、うちわ、ポスカが散乱している生徒会室で、私たちはふたりで大花火を見ました。私はいつまで経《た》っても睨むような目つきで花火を見ていました。ふたりとも、生徒会の仕事なんてすっかり忘れていました。

◆

皆さん、長い長い送辞に付き合ってくださって、本当にありがとうございました。まずは、ザビエルに心からありがとうを言いたいです。あの大花火のとき、急きょザビエルがMCを務めてくれたそうですね。私と田所先輩が消えたー仕事どうすんじゃーって、生徒会メンバーはけっこうバタバタしたって後から聞きました。今さらだけど、あのときは本当にごめんなさい。

生徒会のみんな、最後の大仕事の卒業ライブ、絶対成功させようね。皆さんもぜひ来てください。今年ももちろんあのヴィジュアル系バンドが登場します。

私はそこで、照明をやります。皆さんは、ずっとステージを見ていてくださいね。私のようによそ見をすると、ろくなことが起こりません。

最後になりますが、卒業生の皆さん、本当にご卒業おめでとうございます。これからそれぞれの道を歩むことになると思いますが、この高校のことを忘れないでください。

そして本当に最後。田所先輩、式が終わったら、生徒会室に来てください。照明の使い方をもう一度だけ、私に教えてください。

在校生代表、岡田亜弓。

寺田の足の甲はキャベツ

しょーらい寺田《てらだ》先輩との子ども六十人くらい産んでください！　ぶちょーならできます！　うちにおっぱいくださいい！　おっぱいだけおいて東京行ってください！　ゴトーぶちょー（のおっぱい）大好き！　ぶちょーのドリブル（とともに揺れるおっぱい）大好き！

よしえ（貧乳）

「よっちゃん、あたしの卒アルに変なこと書いてないでしょーね！」

あたしがキッと睨《にら》むと、よっちゃんは油性ペンを空中で躍らせながら「部長への溢《あふ》れる愛を書きましたあ！　てか部長寝不足ですか!?　クマやばいですよ癒してあげますよ～！」と両手を振り回しながら走ってきた。「こっちくんな！」「逃げないで下さい！」

ゼリーの表面のように光る卒業アルバムに群がる女バスと、早速学ランを脱ぎ捨てスリーオンスリーを始めている男バス。男子はみんな靴下も脱いでしまって裸足《はだし》なのに、寺田は一人だけ靴下を履いたままだから、何回もすべって転んでいる。結構強めに尻もちをついたりしている姿は見ていてイライラするけれど、それが妙に寺田っぽくて安心もする。

卒業式が終わって卒業ライブが始まるまでの体育館は、バスケ部とバレー部とバドミントン部のものになる。みんなで円になって一言ずつ別れの挨拶をしているちゃんとした部もあれば、あたしたちのようにキャーキャー言いながら寄せ書きをしているところもあるし、男バスみたいにボールを取り出して最後のおふざけをしているところもある。共通していることは、実は、あんまりしんみりしていないってところだ。バレー部はボールに寄せ書きをして卒業生にひとつずつプレゼント、なんてちょっとイイ感じのことをしてるみたいだけど、現役最後の試合に負けたあとの引退式に比べれば、今日はどこも全然湿っぽくない。

そのまわりで、生徒会の人たちがガタガタといすを片付けながら卒業ライブの準備をしている。生徒会にも所属している亜弓がこっちをちらちら見ながら「私の書くスペース空けといてよ！　特によっちゃん！　書きすぎんな！」と声を張り上げている。すぐによっちゃんをはじめとする後輩たちが「ヒュ～！」「照明がんばれよ乙女！」と大声をあげ、亜弓はうるさいうるさいとどこかへ逃げてしまう。

亜弓の送辞を聞いていると、あの雨の日が思い出された。頭の上で躍る雨の音、沈黙が棘《とげ》に変わった体育館、肌を叩《たた》くような三月の空気、あたしを追いかけてきた寺田。あの日のあたしは、亜弓がこんなふうに送辞を読むことになるなんて、これっぽっちも想像していなかった。

亜弓はすごい。卒業式のステージの上であんな告白をするなんて、昨日は眠れたのだろうか。

「後藤《ごとう》、私にも書いて！」

「いったあー！」

叫び声をあげるあたしの後ろで、副部長の倉橋《くらはし》がげらげら笑っている。つむじのあたりを倉橋の卒業アルバムの角で殴られたあたしは、【部長∨副部長　お前は一生あたしの格下】とでっかく書いてやった。

あたしと同期のバスケ部女子は、倉橋しかいない。部長のあたしと、副部長の倉橋。一つ下の代は五人。一年生は三人。もともと強い部じゃないけれど、今の女バスは人数が少ない。とってもきれいでバスケもうまいスーパーガールのゆっこ先輩がいた一つ上の代は、その代だけで十人近くいたから、その代が引退してからは特にさみしくなってしまった。

男子も女子も好き勝手していて、顧問の滝川は所在なさげに壁にもたれているだけだ。きっと卒業するあたしたちに対して何か熱い言葉を用意しているんだろうけれど、それを披露するタイミングを完全に失っている。

「寺田、靴下脱げよ！　つるつるすべって見ててうぜーんだよ！」男バスのひとりが叫ぶ。

「脱いでいいの？　俺たぶん水虫だよ？　風呂上がりかゆいもん」

寺田は「ふざけんな！」「帰れ！」と男子たちからバスケットボールをぶつけられては、大口を開けてぎゃはははと笑っている。

男バスの卒業アルバムは、カバンや学ランが投げ捨てられているあたりにバサバサと適当に置かれている。男子たちにとっては、アルバムの最後のほうにある真っ白な数ページなんてどうでもいいらしい。あたしたちにとっては、そこがカラフルに埋まってるかどうかってことが、けっこう重要だったりする。

「倉橋、ちょっと倉橋」あたしは倉橋のスカートをめくる。

「ちょっと！　何その気づかせかた！」

「いいからいいから、男子の卒アルに落書きしてやろうよ」

カサカサとゴキブリのように移動したあたしと倉橋は、男子たちの卒アルをあさる。あたしは寺田の、倉橋はまた別のヤツの。やっぱり男子の寄せ書きって、女子のと全然違う。色は黒ばっかり。シャーペンで無理やり書いたのもあるし、内容は大体下ネタ。馬鹿なことしか書いてないけど、それが女子の「一生友達！」よりも逆に一生友達っぽい。「馬鹿だこいつら、エロいことしか書いてねー」倉橋はけらけら笑っていたけど、あたしは寺田の卒アルに「ドーテー卒業おめでとう！　男子バスケ部一同」とあるのを見てバタンとそれを閉じるはめになった。

「あーっ！　ちょ、後藤！　こら、何してんだよ！　それ俺の卒アルだろ！」

男バスの集合写真の目の部分に黒い線を引くという繊細な作業に没頭していたあたしたちに向かって、寺田がぐしゃぐしゃのカッターシャツ姿で走ってくる。と思ったらこちらにたどり着く直前、ものすごい勢いを保ったまますべって転んだ。

「ほんと寺田って情けない……」あたしはペンにキャップをはめる。

「あー？」イテテテ、と立ち上がる寺田。

「情けない！　ダサい！　肩幅狭い！　歯ぐき広い！　マジ無理！」

「歯ぐき広い!?」

「広いよ！　あんた個人写真でも笑いすぎて自慢の歯ぐきが存在感出してきてるじゃん！　名前のとこ【寺田賢介《けんすけ》】じゃなくて【歯ぐき】にしといてあげるから！」

「けっこう付き合っといていまさら歯ぐき広い!?　言っとくけどな、俺小学生ンとき朝顔の生長一番早かったんだからな！」

「それ何か関係あんの!?　それを今でも覚えてるところがダサいの！」

「うるせー胸そのもの！」

「胸そのもの!?」

「もーうるさい!」

会話をぶったぎるように、倉橋がまたあたしの頭を卒アルで殴った。「痛い痛い痛い格下のくせに殴るな!」「格下言うな!」倉橋がイライラした様子でしっしっと手を振る。

「私らこのあと卒業ライブも見てくからさ。あとで駅前のサイゼに集合ね。男バスも一緒だから」

あたしは心の中で倉橋にありがとうと言いながら、カーディガンのポケットの中に手を入れた。鍵の銀のつめたさに、指先がぴりっと痺《しび》れる。

「早くどっか行け禁断の部内カップル！　こっちが盛り下がるからー。サイゼまでどっかでイチャこいててくださーい」

倉橋ナイスパス。なんだよおーと喚《わめ》く寺田の背後で男バスの後輩が、骨ばった手で胸をもみしだくジェスチャーをしている。「寺田先輩、部室使いますか？」ってあいつらはただの馬鹿だ。あんなことばっかしてるからあいつらは女バスの二年にエロザルって呼ばれて距離を置かれるんだ。よっちゃんはけっこう仲いいみたいだけど。

「寺田」

あたしは立ち上がって、あぐらをかいていた寺田のカッターシャツを摑《つか》んだ。シャツを上に引っ張ると、腰パンをしている学生ズボンから、ゴムがよれよれになったトランクスが覗《のぞ》く。

「いこ」

寺田は痩《や》せている。脂肪がなくて割と背が高いから、いろんなところにあたしにはない筋とか線とかがある。

「ぶちょーっ！」

ズボンを手で払いながら立ち上がる寺田の背後で、よっちゃんが手を振る。

「私も来年東京出るつもりなんで、遊んでくださいねー！」

寺田は、よっと、と細い足首で立ち上がる。「はらずくとかしんずくとか連れてってくださいね！」噛《か》みまくるよっちゃんの声を背中で跳ね返すように、寺田はぐんと伸びをした。ぐん、ぐん、ぐん、と、思いっきり。

あたしも言わなきゃ。亜弓みたいに堂々とはできないかもしれないけど。

◆

高校一年生の夏、男バスはカマキリみたいに見えた。

汗で束状になったツンツンの短い髪の毛、赤いユニフォームからにょきにょきと伸びた細長い手足。体育館内で部活をしているはずなのに、みんななんとなく日焼けしていていつでも汗っぽかった。男子は誰の体にも脂肪なんてついていない気がしたし、肩とかひじとか顎とか足首とか、そういう部分の骨がごつごつと出っ張っているように見えた。体育館の人工的なライトに照らされた腕やふくらはぎの筋肉が、細い体に影を作っていて、さらに全身をごつごつしたものに見せていた。あたしはいろんなところがやわらかい曲線でできている自分のまるい体と、人より大きな胸がきらいだった。ゆっこ先輩や倉橋には「大きな胸が嫌だなんて非国民だ」となぜか男目線で罵られたけど、それでもあたしは嫌だった。先輩たちや倉橋が、誰がカッコイイとかカワイイとか誰の筋肉がいいとか盛り上がる中で、あたしはあんまり男バスの人たちと関わりたくなかった。

初めて一年生も出られるかもしれないっていう練習試合は、この高校で行われた。七月、夏休みに入ってすぐの土曜日だった。その日は男子も練習試合で、他校から来た男子ってのが、またうちの男バスよりもますますカマキリっぽく見えてあたしは少しうんざりした。

夏の体育館は、バスケットボールの音を一番よく響かせる。春より秋より冬より、夏。あたしはベンチで声を出して応援したり、いきなり何分か試合に出されたりしながら、とにかくだらだら汗をかいていた。うっとうしい前髪を左右に分けると、汗でぴったりと張りついてしまうから、おでこが丸出しになって少し恥ずかしかった。ペットボトルごと凍らせたスポーツドリンクはまず甘い部分から溶け始めて、やっと飲めるまで溜《た》まったわずかな液体は喉に焼き付くほど味が濃かった。あたしはできるだけ氷の部分を溶かしたくて、ホルダーを外して裸にしたペットボトルを日向《ひなた》に転がしていた。夏の光に照らされてぴかぴかにひかるプラスチックまで汗をかいているようだった。冷たい冷たい液体の中を氷がごろごろと転がって、あたしはそれを早く早く飲みたくてドキドキしていた。

その日、女バスは相手校に歯が立たなかった。負け越したというレベルではなく、競ることもできなかった。あたしと倉橋ももちろん悔しかったけど、先輩たちがかなり落ち込んでしまっていて、ダウンのストレッチをしているときは空気がとても重かった。あたしはバッシュも靴下も脱ぎ、どこか他人事《ひとごと》のような気持ちで、自分の足の甲に浮かんでいる青白い血管がレタスに似ていると思っていた。

「あのー」

女バスが内側を向いて円になっていると、まだ子どもっぽさの残る声が円の外側から降ってきた。あたしは座った姿勢のままぐりんと後ろに振り向いた。

そこには首から白いタオルをかけた寺田が立っていた。男子はもうダウンを終えたのか、バッシュを脱いだ寺田も裸足だった。きっと何年間も使っているのであろうタオルは厚みが全くなくなっていてしゅわしゅわだった。細い体に対して足は大きくて、枝分かれしていく川のように、寺田の足の甲を血管が駆け巡っていた。その部分はぽっこりと浮き上がっていて、あたしは、似てる、と思った。

こいつの足の甲は、キャベツみたいだ。

「これ、女バスの誰かのじゃないスか？」

ひとさし指にひもの部分をかけて、寺田はあたしのペットボトルホルダーをぷらぷら揺らした。無地のパステルカラーが寺田のくたくたのタオルと練習着に全く似合わなくて、変な気持ちがした。

「あ、名前書いてある……」

ホルダーをくるくる回していた寺田が、何かに気づいたように声を漏らした。あたしはそのホルダーの底に、ローマ字で「ＧＯＴＯ」と名前を書いていた。

寺田はホルダーの底を覗くと、眉間にしわを寄せた。

「ゴートゥー？」

ぎゃはっとゆっこ先輩が誰よりも早く笑った。「ゴートゥーザパーク!?」「ノー！　ステーション！」「オーアイムソーリー！」「ナイストゥーミーチュー！」女バスはツボにハマってしまったらしくみんなげらげらと笑っていた。女子たちの爆笑に包まれて顔を赤らめたままその場に立ち尽くしている寺田がかわいかった。あたしはそこにあるキャベツを触りたかった。

◆

寺田は、「どうせサイゼで合流するし～」と手ぶらで自転車置き場に現れた。学ランもカバンも、荷物全部を男バスの同期に預けてきたらしい。チャリのかごにはコンビニのビニール袋が入っている。

「寺田それ何？」あたしがビニール袋の中を覗こうとすると、「てーい！」と手を払われた。いらっとした。

「これはね、僕たちの未来への希望だよ」

「……そっか」

「いや突っ込めよ！　俺ほんとにかっこいいこと言ったみたいになっちゃっただろ！」

「かっこいいことなんて一つも言ってないからねあんた！」

寺田は、ぐんと体重をかけてチャリをこぎ始める。あたしも負けじとサドルを跨《また》ぐ。スカートの後ろの部分が春の風を丸飲みしてぶわっと巨大化する。

「グラウンドもすげえなあ」

寺田が鼻を啜《すす》った。自転車置き場から校門までのあいだは、グラウンドが一望できる。サッカー部、陸上部、野球部、制服姿の卒業生、後輩たちが好き勝手に大騒ぎをしている。

「スゲーみんな楽しそうだなあ……ほら、野球部のとこなんて、あそこだけ桜が散ってるみたいだぞ」

「いや多分あれ破り散らかした卒業証書」

「……きれー」

最後のお祭りの渦を作っているような学校の中で、東棟だけが、その場に佇《たたず》んで見えた。不気味なうわさをたてられていたけれど、あたしはあの東棟で、寺田のことを好きだと思った。

「東棟の幽霊って、ほんとにいたのかなー」

「南棟にはいたんじゃね？」

「……そゆこと言わないの」

自然とチャリのスピードが落ちる。す、す、すー、と。明日もう取り壊されてしまう高校の引力が強すぎるのか、チャリのペダルが重くなる。

「ほんとに部室借りてイチャこいてよかったのかなー俺部室でするの大好き！」

「……馬鹿じゃないのあんた」

「男バスの部室は他の部の奴《やつ》らからも評判いいんだよ、意外と壁厚くて声漏れないって」

「えっ他の部の奴らにも貸し出してんの!?　あんたたちホテル王!?」

　他の部の奴らは一回二百円でね、と寺田は笑う。「それで溜まった金は【愛の募金】っつって、スポーツドリンクの粉とか買ったりしてんだぜ、これがホントの愛は地球を救う!」女バスのドリンクサーバーがからっぽになってしまったときは、たまに男バスからスポーツドリンクをもらっていたことを思い出す。

「最低だよもう気持ちわりー……」うげえ、とあたしは舌を出す。

「ていうか、何で俺ら体育館から追い出されたんだろうなー」

「倉橋が気遣ってくれたんじゃん?」ちょっとドキッとして、自転車のスピードがまた落ちた。やっぱり強引だったかな、と、いまさら思う。

「俺、実際ちょっと卒業ライブ見たかったりして。森崎とか今年も歌うらしいしな」

「照明やってる亜弓見て、惚《ほ》れちゃう一年男子がいたりしてね」

　しかしヴォーカルの森崎はイケメンかね?　よっちゃんのイケメンものさしってたまに狂うよねー、と言いながら、あたしは心の中で倉橋に土下座をしていた。昨日メールしといてよかった。持つべきものは倉橋だ。

　寺田はすいすいすいすいチャリをこぐ。まるできれいな水の中を泳ぐ魚みたいだ。いつのまにかあたしは、後ろで寺田のスピードについていくのがやっとになっている。ズボンをまくったままチャリに乗っている寺田のふくらはぎの筋肉が、規則的にぽこぽこと盛り上がっている。寺田は意外と毛深い。細い男子ってなんとなく毛が薄そうだけど、寺田の足はもさっと毛が生えていて野生動物みたいだ。あたしはその毛をそっと触るのが好きだ。「うわっわわわ」とくすぐったそうにする寺田がかわいいから。足の甲を触っても、寺田は「キャー」と逃げる。あたしはその血管を指でなぞりたいのに。

校門が見えた。高校生の終わりをぎりぎりまで引っ張るように、あたしはチャリをこぐ、こぐ、こぐ。肩甲骨の浮いた寺田の背中を見ながら、自分の背中にくっついている三月をぐん、ぐん、ぐんと引っ張る。同じ春でも、三月と四月は色が違う。着ている服が違う、聴いている曲が違う、髪の色が違う。三月の春は、まだ少し薄いピンク。空気がなんだかそんな感じだ。四月は知らない。まだわからない。三月と四月をかき混ぜたい。春は春。ひとつの春。だけど今年は違う。三月と四月。

傍《そば》にいる人が違う。

「今日何日だっけ？　二十四？　五？」

寺田はちょっと前に髪を切りすぎて、えりあしが変な感じになっている。あたしは後ろから、ご！　と叫んだ。息が切れる。

「卒業式、おっせーよなあ。もうあした取り壊されるんだぜ、がっこー」

そーだねえ！　と大声を出さないと、あたしの声はどんどん後ろへ流れていってしまう。ぴゅっと前に投げた声が一瞬であたしの顔に激突してぐしゃぐしゃになる、そんなイメージ。

校門をくぐると、タイヤの感覚が変わった。とくとくとくとく、と、小さなタイルを一個ずつ踏み越えていく。学校に行くためには絶対に通らなくちゃいけない、大きくて長い橋に差しかかる。

水かさが減ってしまった川の上に架かる橋。そこからは高校の全体を見渡すことができる。

飽きるほど見てきたこの風景が、急に、あたしのことを遠ざける。

前を走っている寺田だけが、風景の中に呑《の》み込まれていく。

すい、すい、すいと進んでいく背中に、なぜだか、もう二度と追いつけないような気がした。

「てーらーだ！」

あたしだけ知らない世界に取り残されてしまいそうな気がした。

「ライブ見たかったとか言ってるわりにガンガン進んでるけど、どっか行きたいとこあんの？」

この橋からは、もう使われていない東棟もばっちり見える。ここから見える東棟の壁には、誰が描いたのかわからないけれど、絵が描かれている。落書きとかじゃなくて、ちゃんとした大きな絵だ。

「やっぱ全然明るいな。ほんとはもうちょっと暗いほうがよかったんだけど」

よくわからないことを言って、寺田は「よっしゃ」とチャリのギアをひとつ重くした。一度こぐたびに進む距離がぐんと延びて、また背中が遠ざかっていく。

今日は晴れ。水色の空。東棟を見ると、あたしは雨を思い出す。つ、つ、つ、と首筋に突き刺さるように落ちてきたあの日の細い雨を。

「あの東棟も、絵も、あしたには壊されちゃうんだよね」

雨に少し濡《ぬ》れた壁の絵、その前に寺田は立っていた。寺田に背を向けて、あたしも立っていた。あの日は三月なのに寒かった、とっても。

「今日、晴れたな」

雨女いるのにね、とあたしは付け足す。

「お前、卒業式あんまり悲しくなかったんだな」

そういうわけじゃないけど、と言っても、寺田は気にしていない。

「今日晴れたら、行こうと思ってた場所があんだー。ほんとは夜が良かったんだけどな。あ、ラブホじゃねえぞ？　まあ雨降ってたらラブホだったかもだけど」

チャリこぎながら笑ったら歯ぐき乾くよ。あたしの声は、たぶん、届かなかった。

昨日の夜、あたしは倉橋にメールを送った。【あたしと寺田を二人っきりにしてほしい。最後の集まりには行くから！　ミラノ風ドリアおごるから！】

話さなきゃ。話さなきゃ。ちゃんと話さなきゃダメだ。あたしがこの風景に完全に突き放される前に。

とくとくとくとく。タイヤが規則的に揺れる。寺田の背中も、あたしの視界も、あたしも。

◆

先輩たちが引退してから、あたしたち女バスは勝てなくなっていた。一気に人数が減ったことで、チーム全体の士気そのものがなんとなく下がっていた。そんな中で、部長を任されていたあたしの心は毎日ずりずりずりとすり減っていた。部長があたしでいいのか、チームが勝てないのは自分のせいなんじゃないか。そんな相談を、寺田にはしていた。あれからなぜか仲良くなった、寺田にだけはしていた。

あの日、練習が終わると、亜弓が話があると言って部のメンバーを集めた。

「生徒会って……入ってからもちゃんと部活出られるの？」

倉橋がそう言うと、なぜかよっちゃんが力強くうなずいた。

亜弓はレギュラーで、三番。スモールフォワード。インサイドでもアウトサイドでもうまくプレーができる、大切な選手。

「いっぱいいた先輩が引退しちゃって、私たちの代になって」

倉橋は落ち着いている。

「チームの中で亜弓の存在がどれだけ大きいか、わかってる？」

ダウンを終えた体は、あたりを暗く染めていく雨の空気にさらされてすっかり冷え切ってしまっていた。あたしはよく雨女だって言われる。一度寺田に、お前が悲しい気持ちになると雨が降るんだって言われたことがある。だからその日も降っていたんだと思う。さあ、さあ、さあ、と、細い雨が体育館を包み込むように濡らしていた。

みんなで、円になって立っていた。女バスには生徒会に入ってはいけないなんて決まりはないけれど、やっぱり練習量が多い部だからか、今まで生徒会とかけ持ちをする部員はいなかった。

「私は」

何か言おうとするよっちゃんを制止するように、亜弓が一歩前に出た。亜弓はいつも背筋をピンと伸ばして、堂々としている。

「生徒会に立候補します」

亜弓の声には、反対を受け付けない強さがあった。

「これは相談ではなくて、報告のつもりで話しています。私は生徒会の活動がしたいんです。それを止める権利は、部にはないはずです」

あたしは、目に力が入るのを感じた。はっきりと自分の意見を言い切る亜弓は、あたしの苦労を何もわかっていない。

「ダメだよ」

自分の声ってこんなにも響くんだ。どこか冷静な気持ちで、あたしはそう思った。

「ダメだよ、亜弓。いま立候補するってことは、前期の生徒会でしょ。文化祭があるじゃん。絶対忙しいよ、部活出られなくなるよ」

男バスがこっちを見ているのがわかった。寺田の首から、やっぱりくたくたのタオルが下がっているのが見えた。

「いまでも、倉橋とあたし合わせて、女バスは七人しかいないんだよ。ギリギリ。しかも、亜弓はうまい、いつもスタメンじゃん」

声が大きくなっていく。

「次の夏までには、あたしと倉橋は引退しちゃうんだよ。あたしは一つでも多く勝って、できるだけ長い間女バスにいたい。あたしの言ってることわかるでしょ？」

先輩の引退のときにいきなり命じられた【部長】という名の責任の塊が、喉の奥からごろりごろりとこぼれ出てくる。

「部長、でも私」

「ダメ、絶対ダメ。部長のあたしがダメって言ってるの」

亜弓はあたしから目をそらさない。

「だって、あたしたち、勝ててないじゃん。ずっと」

乾いていた赤い絵の具に水を垂らしたみたいに、自分が放った声から毒々しい何かが滲《にじ》み出ていくのがわかった。

「先輩が練習見に来ても、あたし、あとから呼び出されて、覇気がないとか言われるんだよ。下の代は勝ててないってことも知られてる。そんな中で、生徒会入りたいなんて言わないでよ。亜弓はレギュラーなんだよ、三番なんだよ。あんたがいなくなったら、もっともっと勝てなくなる」

黒く、やわらかく腐っていた心のまさにその一部分を、指でぐにゃりと押してしまったようだった。とても嫌な気持ち。

「覇気って何？　先輩たちはいいよ、人数も多くて明るい人も多くて。一番楽しい時だけ経験して卒業しちゃうんだから。あたしたちは七人しかいないんだよ。これ以上人数が減ったら覇気なんてどうやって出せばいいわけ？」

亜弓にぶつけるべきことじゃないってわかってはいるけれど、言葉は止まらない。

「亜弓だって、そういうこと決める前に、部長のあたしに相談してよ。全部ひとりで決めないでよ。チーム、このままじゃダメなんだよ、ダメなの、でも」

「後藤」

「どうしていいかわかんないんだよ、あたし……」

倉橋があたしの顔を覗き込んでいた。あたしは気づいていなかった。いつのまにかうつむいていたあたしの目には涙の膜が張っていた。

一コ上の先輩って、何であんなにかっこよく見えるんだろう。ノリとか、空気とか、どうしても根本的に違う。後輩たちが、ゆっこ先輩たちのことをかっこよかったっていまだに言っているところに出くわすと、あたしは一瞬、足元が抜け落ちたような気持ちになる。きっと後輩たちに他意はない。だけどどうしても、部長のあたしがゆっこ先輩に比べて物足りないって言われているように聞こえてしまって、不安になる。

あたし自身の不安とチームの成績は、関係ない。それに亜弓は器用だから、きっと生徒会をやりながらでも部活に来るだろう。

だけど、どうしていいかわからない。どうしてこんなにイライラするのかわからない。

あたしは体育館から飛び出した。「後藤！」倉橋の声がしたけれど、雨の冷たさに気を奪われる。中庭を走る。バッシュのまま。泣いている姿を見られたくない。かかとが飛ばす雨水が、ちゃ、ちゃ、ちゃ、とふくらはぎにかかる。そのまま中庭を突っ切ると、東棟にたどり着く。雨の中に佇む東棟は、いつもよりもずっと不気味に見えた。

「後藤！」

声と同時に、頭にタオルがかかった。

寺田だ、ってすぐわかった。

「後藤、隠れろっ」

寺田はいきなりあたしを抱え込んで東棟の裏に連れて行った。「ちょっ、寺田っ」あたしは寺田の腕の中でごそごそ動く。寺田の腕は雨に濡れていても温かかった。

「今、先生と生徒がひっそり東棟入ってったぞっ。たぶんよく図書室にいる先生！　色白で厚着の！　生徒の女は誰かわかんねえ！」

「え？　何？　寺田何言ってんの？」

「静かに静かにっ。なんか怪しい雰囲気だった、相合傘してたしっ！　やらしいっ！」

東棟の裏には少しだけ屋根がある部分があって、あたしたちは濡れないようにそこに立っていた。「ふたりでこんなとこ入って何するんだろ、立ち入り禁止なのに！」ひとりでキャッキャしている寺田を見て、あたしはこいつ馬鹿だと思っていた。

でも、追いかけてきてくれたんだ、こいつは。

あたしはいつのまにか寺田に背を向けていた。東棟の裏の壁には、絵が描かれている。男と女のシルエットが向き合っているような絵だ。夜になる直前の暗闇の中、その絵がぼんやりと浮かびあがって見える。

「……後藤、この絵知ってる？」

後ろから寺田の声がする。なんかもっと他に訊《き》いたりすることがあるんじゃないのかなあとも思ったけど、あたしは頷《うなず》いた。

「知ってる」

この壁画のある東棟の裏側は、この高校ではちょっとしたパワースポットだ。

「この前で告白するとうまくいくってやつだよな、これ」

誰が描いたんだろ、と、寺田は全く照れのない声で言った。あたしのほうが少し緊張してしまったのが、悔しかった。

「さっきの先生と女子、この中で告白とかしてんのかなぁその先もしてんのかなぁっ」

涙が出ていた。かっこわるい。試合に勝てないし、後輩とちゃんと話もできない。言いたいことだけ言って、逃げだした。今までで一番かっこわるい。

「ね、ゴトーゴトー」

うるさい、と言ってみた。だけど本当はぺらぺらしゃべっていてほしかった。あたしが今まで寺田に部活のことについて話していたこととかメールに書いていたこととか全部忘れたかったし、忘れてほしかった。

部長大変だよな、とか、前から悩んでたもんな、とか、絶対言ってほしくない。今そういうふうに励まされたら、あたしの中の何かが簡単にがらがら崩れてしまいそうだ。

「後藤」

さあ、さあ、さあと降っている雨の中で、寺田は言った。あたしは、ほと、ほと、ほと、と涙をこぼしながら、白い息を吐いていた。

むきだしの足が寒い。冷たくなった耳が痛い。

「亜弓ちゃんって、俺よりバスケうまいよな」

あたしは、はっ、と息を吐いて笑った。

「こっち向かないでいいよ、後藤」

寺田はそう言って、「寒いだろ」とあたしの背中にジャージをかけてくれた。白地に赤線の入った、男バスのジャージ。今まで寺田が着ていたからか、布の温度があたしの体温と溶け合って、とてもあたたかかった。あの壁画のようにあたしたちは向き合っていなかったけれど、あのときあの場所であたしは寺田を好きだと思った。正確に言うと、ずっと好きだと思っていたということに、あのときやっと気がついた。

◆

「がががががが！」

股間が痛い痛い股間が！　チャリの上で派手に揺れながら、寺田が河原へと下っていく。ちゃんと整備された階段なんてないので、河原に下りるためには傾斜のある草むらをチャリで駆け下りていくしかない。

「寺田危ない、転んだら歯ぐきケガするよ！」

「歯ぐきケガしねーよ！……歯ぐきケガしねーよ！」

「大事なことだから二回言った！」

あたしはチャリを引いてげらげら笑いながら、寺田の後を追っかける。

「寺田ぁ、行きたいと思ってた場所ってココ？」

「そう、覚えてるだろ、お前」

「もちろん覚えてるよ……初めて外でした場所だよね」

「ちげー！　外でしたことねー！　何だその突然の浮気宣言みたいなの！」

チャリをふたつ並べて止めると、寺田はもうかゆくなってきたのであろう足首をがしがしとかいていた。蚊ではない虫に皮膚をどうにかされているようで、草むらって気味が悪い。寺田はチャリのかごに入れていた袋の口を右手でぎゅっと握っている。まだ、その中身は秘密みたいだ。

「埋めたのどのへんだったっけ？」

「なんか目印的なもの決めなかった？　祠《ほこら》とか」

「祠!?　そんな怖いモンを目印にした覚えねーぞ！」

寺田はかかとを踏んでいたスニーカーをちゃんと履き直して、まくりあげていたズボンをくるくると元に戻した。草が当たるのがくすぐったかったのだろう。

空は晴れている。もうこの町の空は、すぐに東京に出ていくあたしの気持ちなんかに左右されない。

突き放されていく。あの日の空がどんどん天へと遠ざかる。

「あれ埋めたのもう半年くらい前だよな？　文化祭の最終日だったから、九月のはじめ？」

あの日は宇宙が透けて見えるような快晴だった。あたしがとても幸せな気持ちだったから、かもしれない。

「あ、ここじゃね？」

寺田はいきなり背中を丸めて、右手に握っていた袋からスコップを取り出した。

「えっそれスコップが入ってたの？　もったいぶって隠してたその中スコップ⁉」

「うるせ、入ってんのスコップだけじゃねーし！」

寺田はその袋を放り出して、鼻のよく利く犬のように草むらを掘り返し始めたので、あたしは無言で袋の中身を取り出した。「あっ後藤ダメっ」寺田は慌てるが、もう遅い。

花火。花火が入っていた。

「……昨日のうちに買っといたんだー」再び草むらを掘り返し始めた寺田はこっちを向かないまま答える。

「こんな季節外れの時期に、花火なんてどこに売ってるわけ？」

あたしは無理やり声を出す。心臓に手を突っ込まれてぐちゃぐちゃにかき混ぜられているような気分だ。

「ほら、商店街の。文化祭の大花火やってくれてる花火師さんの店」

袋の中には百円ライターも入っていた。「……バケツとかは？」と言うと、寺田は「……川、あるし」と何も考えていなかったのが丸わかりの返事をした。

あたしは思い出していた。あたしがこの場所で何を言ったのか。寺田に何を言ったのか。

「あったあったあったったー！」

急に、寺田が土に汚れたてのひらを頭の上に突き上げた。わさっ、と土が舞って、あたしはぎゅっと目を閉じる。

高校最後の文化祭の最終日、カップルが溢れる大花火の最中、あたしたちは生徒会室に忍び込もうとしていた。余った花火が生徒会室に保管されているといううわさを聞いたからだ。「ファイヤーボールは俺たちのもんだっ」「花火玉でしょ、別にかっこよく言わなくていいから」あたしたちは小声でボケたりツッコんだりしながら、こっそりと生徒会室を覗き込んだ。

そこには亜弓がいた。亜弓と、生徒会長の田所くんがいた。あたしたちは「ひっ」とわかりやすく息を呑んで、ドアの前で身を縮めた。なんか俺たちってこういう場面に呼び寄せられるのかな？　寺田はどこかうれしそうにしていた。

「あのとき、あたしたち完全に覗きだったよね」

「いやーでも何話してるかは聞こえなかっただろ！　ギリセーフ！」

「空気でわかったからギリアウトでしょ」

あたしと寺田は生徒会室の中にいる二人がいなくなるまで、隠れて待っていた。やがて二人が「ていうか亜弓、お前、大花火の司会じゃなかったっけ？」「えっやばい！でももう花火上がってるけど！」とぱたぱたと足音をたてて走り去ってからやっと、中に侵入して花火を盗んだ。

「とにかくでっかかったよね」

「見つけた瞬間にこれ素人じゃ打ち上げられねえってわかったよな」

だけどあの日も、ふたりで大笑いしながらこの橋の下までチャリをこいだ。あのときも寺田が前にいて、キャーキャー声がするグラウンドに何か叫びながら、あたしたちは汗も拭わずにここまできた。秋になりかけた九月、夜七時過ぎの橋の下は、世界の終わりみたいな色をしていた。今日みたいにチャリをガタガタいわせて草むらを走って、そのままチャリを乗り捨てて、「これに火つける勇気ねーよ！」「もうこれ爆弾だよほとんど！」と、散々笑い合った。背骨が折れるかと思うほど体をのけ反らせて笑い合った。

そして結局、ふたりでその花火玉を草むらに埋めた。

あたしはそのとき、確かに言った。

ふたりで花火やりたいね。

この爆弾みたいな花火玉、いつかふたりで掘り返そうね。

「忘れてた」

「おま……あんとき花火やりたいねって言いだしたの、お前だぞ！」

あの日、夜が混ざってくると、秋の夕空はぶどうゼリーみたいになった。

「ホントは夜どっかでふたりでやりたかったんだけどさー、部のヤツらと遊ぶことになりそうだし。もういま持ってきちゃった」寺田はザクザクとスコップを地面に突き立てている。

「寺田、覚えててくれたんだね」

むせかえるような草のにおいを嗅ぎながら、何も考えずに、あたしは言ったんだ。ふたりで花火をやりたい、なんて、そんなこと。

「ごめんね」

あたしはもうわかってたはずなのに、そんな、馬鹿みたいなことを言ったんだ。そして寺田は覚えててくれた、あたしの無責任な言葉を。

今日はちゃんと、責任ある言葉を言わなくちゃダメだ。そのために昨日のうちに倉橋に頼んで、体育館から追い出してもらったんだから。そのためにあたしは昨日、全然眠れなかったんだから。目の下にクマをつくって卒業式に出たんだから。

「ごめんねって何だよ」

寺田はそう言って土まみれの花火玉を投げてきた。「キャー！　馬鹿ー！　投げた衝撃で爆発したらどうすんの！」「するわけねー！」あたしは寺田に花火玉を投げ返す。制服が土で汚れたけどもう関係ない。

ぺりぺり、と寺田が持ってきた花火のセロハンを破り、ざらざらと中身を取り出した。「わー！」「線香花火やろ線香花火やろ！」「それは最後でしょフツー！」あたしたちはあれもこれも、とライターで火をつけまくる。

ぴしゃっ、と緑色の火花が飛び出して、寺田は「キャーッ！」と高い声をあげた。あたしは「この歯ぐきうるせえー！」と背《せ》中を叩きながら寺田から火をもらって、「早く早くリレーリレー途切れる途切れる！」と急かす。寺田はまた大急ぎで新しい花火を取り出して、あたしから火をもらいながら、あたしに花火を渡してくれる。ふたりで花火をやると、こんなにも忙しい。

太陽は一番高いところにある。春の真昼。この場所は世界で一番明るいかもしれない。きっといま、世界で一番花火が似合わない場所だ。

緑、黄色、赤や青。三月の草むら、川の水、雲の背景の空色。いろんな色がある。きれいだ。きれいすぎるから、あたしは少しずつ鼻の奥が酸っぱくなってくる。

「色々あったな」

両手に何本も花火を握ったまま、寺田は笑った。

始まった。終わることが始まった。じう、じう、じう、と音をたてて花火は弾《はじ》ける。

あたしは思う。寺田、寺田、寺田。頭がバウンドするように思う。

「色々あったね」

「だな」

「電車がもう来てたからダッシュで乗ったのになかなか発車しなくて恥ずかしかったりしたね」

「…………」

「そういうのじゃないね」

色々あった、てのは。そう付け加えたとき、右手に持っていた花火がわっと火を噴きだし始めた。寺田が自分の花火の先端を近づけてくる。

「俺ら付き合ってたのどんくらい？」

「一年くらい。二年の三月からだから」

「一年か。そう考えるとなげえなあ」

「ね。ずっとこんなんが続けばいいのにね」

寺田は頷かなかった。あたしも、頷かなかった。

あたしは知ってる。ずっとこういう日々が続けばいいって願ってしまった時点で、続かない、ってわかってること。わかってるんだ、あたしも寺田も。言わなきゃいけないことがあること。

言わなきゃ。あたしから。

あたしからちゃんと言わなきゃ。

「寺田」

「ん？」

「寺田、寺田」

「何だよ」

「寺田、寺田寺田ぁ」

名前を呼ぶと、一気に泣きそうになった。

ぴしゃっと、寺田の花火が火を噴く。草むらがひかる。あたしの言葉を邪魔するように、手元にまで火花は弾ける。

「予備校で友達できるといいね」

「おう」

今度は、あたしが寺田から火をもらう。あたしの花火に火が点《つ》いたら、寺田はそのまま立ち上がって、空に何かを描くみたいに、花火の先っちょをくるくるとした。あたしはしゃがんで、花火を動かさない。草むらを燃やそうと、ある一点に火を浴びせ続ける。そのままずっとしゃがんだままでいると、火が消えた。立ってくるくる踊っていた寺田の火も消えた。花火自体はまだちょっとだけ残っている。だけど、火は消えた。ライターもある。だけど、火は消えた。

リレーが途絶えてしまったけれど、あたしたちはそのまま動かない。

「寺田はさ」

あっちを向いて立っている寺田と、下を向いてしゃがんでいるあたし。

「この町の小学校の先生になりたいんだよね。ずっと言ってたよね」

「おう。バレンタインとかチョコもらいまくる感じの先生になる」

あたしたちは十八年も生きてしまった。離れたくないと喚くほど子どもじゃない。だけど、まだ十八年しか生きていない。離れても愛を誓えるほど大人でもない。

「寺田、この町の子どもたちにバスケ、教えたいんだもんね。いっつも言ってたよね」

「おう。言ってた」

寺田の背中を見ることができない。しゃがむあたしの目線の先にあるのは、しわだらけのズボン越しのひざのうら。

「浪人して、絶対、地元の国立受かるんだもんね」

「おう。来年は絶対、受かってやるぜ」

「あたしは東京に行きたかったよ、ずっと。憧れてたの、ずーっと」

「言ってたね、いつも。知ってるよ、多分、俺が一番知ってる。お前もう東京と結婚するのかと思ったもん」

馬鹿、と言った。だけど、ほんとはあたしが馬鹿なのかもしれない。あたしは東京の何に憧れているんだろう。わかんないけど、だけど、この町でずっと暮らしていくのは、何かが違う。あたしは東京に行きたい。よっちゃんに、はらずくもしんずくも案内してあげられるようになりたい。

「東京で、心理学の勉強すんの。それが夢だったの」

「そのおっぱい生かしてエローいカウンセラーになるんだもんな」

「そんなことは言ってないよね」

「うん」

あたしは自分のひざを抱えた。そうしないと、心臓が出てきてしまいそうだった。寺田の夢はこの町にあって、あたしの夢は東京にある。それだけのことだ。それだけのことなのに、あたしはもういっぱいいだ。

寺田のキャベツみたいな足の甲と、あたしのレタスみたいな足の甲。ふたつ並べるとあたしは自分を女の子だって思えた。そういうとき、あたしの心は火で炙《あぶ》った砂糖みたいになる。部活のとき、赤いバスパンに見え隠れしていた寺田のひざのうら。へこんでいて影ができて洞窟みたいだった。そういうことで、あたしはもういっぱいになる。

「寺田」

「ん」

このひざのうら越しに見える景色が、東京だったらよかった。このひざのうらの向こうに東京タワーが立ってて、新宿とかがあって、絡まるぐらいに地下鉄がめぐっていれば、あたしは寺田の隣でまた花火ができた。ちゃんと、夏に、夜に、花火ができた。

春の真昼の草むらが、火薬のにおいに揺れている。

「別れよ」

あたしは腕に力を込めた。ぐ、ぐ、ぐ。体中のどこか、少しでも力を抜いてしまったら、あたしの中でいっぱいになっているものが飛び散ってしまいそうだった。

「最後だな、花火」

残っていた花火、二本。あたしと寺田で一本ずつ。

寺田はあっちを向いたまま、あたしから花火を受け取った。

あの雨の日とは逆だ。いまはあたしが寺田の背中を見ている。あたしはライターを握った。

こっち向かないでいいよ、寺田。

制服のポケットで携帯が震えている。多分、倉橋からだ。みんなもう、サイゼリヤに着いたのかもしれない。

　あたしの花火の先っぽから、しゃっ、と火花が飛び出した。あたしはライターを手放す。草むらの中にぽとんって、落ちた。寺田はこっちを見ないまま、腕だけを動かしてあたしから火をもらおうとしている。「右、もっと右、行き過ぎ」震える声で誘導しても、うまくいかない。火は点かない。寺田の花火に火は点かない。

　だけど、こっち向かないでいいよ、寺田。

四拍子をもう一度

「桜川《さくらがわ》、お前らがやったんだろ！」

テーブルを挟んだ向こう側を睨《にら》みつけながら、カムイが叫んだ。

「だから知らねえって。お前らが勝手になくしたんじゃねえの？」飛んできた唾に眉をひそめて、桜川くんが冷静に答える。

「そんなはずねえ、あんなかさばるモンをごっそりなくすなんておかしいだろうが！お前らがどっかに隠したんじゃねえのかよ！　カバンの中見せろよ」

「嫌だっつうの。つーか、そんなことして俺たちの誰が得するんだよ？」冷たくあしらおうとする桜川くんに、カムイが前のめりの姿勢で詰め寄る。「見せろ！」「嫌だ」「いいからカバン見せろ！」

「声が大きい」

よく研いだ刃先のような氷川《ひかわ》さんの声は、コンロのつまみをきゅっとひねるみたいにして、沸騰して泡立っていた空気を簡単に鎮静した。

「大きな声を出したからって解決することじゃないよ」

氷川さんは壁にもたれたまま、ふちなしのメガネを左手で持ち上げる。長い黒髪に長いスカートがいかにも氷川さんらしい。右手に持っているボールペンを時折ノックするのは、イライラしているわけではなく、ただの癖みたいだ。

「氷川さんの言うとおりだよ、とりあえずちょっとお互いに落ち着こう！」

私は、カムイと桜川くんを隔てているテーブルをバンバンと叩《たた》いた。「犯人じゃなくて、まずはなくなった衣装やメイク道具を探そうよ！」私がそう言い終わる前に、桜川くんがぼそりと吐き捨てる。

「最後くらい、衣装やメイクに頼るのやめろっていう神様のお告げなんじゃねえの。お前らが大好きな神様の」

桜川くんの後ろで、彼のバンドメンバーがにやにや笑っている。「桜川、やめなよ」キーボード担当の祥子《しょうこ》ちゃんが申し訳なさそうに森崎たちをちらりと見た。

一方、衣装を盗まれた当事者の森崎は何も言わない。椅子に座ったまま、どこかを見つめている。私はそんな森崎を見て、つい、ため息をつく。

体育館に集まった生徒たちの喧騒《けんそう》が、ステージの控え室にまで届く。はりつめた空気の控え室にはいま、三つのバンドが待機している。正統派イケメン二人組のギターデュオ、桜川くん率いる、ビートルズを始め主に洋楽のコピーをするおしゃれな男女混成バンド、そしてトリを務めるのが、ヴォーカル森崎率いる衣装もメイクもガッチガチのヴィジュアル系バンド【ヘブンズドア】。その他に、元部長の私を含めた軽音部が何人かと、音響を担当してくれる放送部、卒業ライブを取り仕切っている生徒会がいるから、控え室はもうぎゅうぎゅうだ。

「最後の卒業ライブなのに、こんなことが起きるなんてびっくりね」

そんな他人事《ひとごと》みたいに、と言う私に、だって他人事だもの、と返す氷川さんは、放送部の元部長だ。「ビートルズを聴くと英語力が上がる」という内容のテレビ番組を鵜《う》のみにした校長からのお達しで、去年夏ごろまで、昼休みの放送で毎日ビートルズをかけていた。ポール・マッカートニーをリスペクトしている桜川くんと話が合うようで、さっきも、今日はビートルズのどの曲をライブでやるのかと盛り上がっていた。

あしたには取り壊されてしまう校舎の中で行う、最後の卒業ライブ。それだけで、言葉にならないくらい、わくわくする。心臓が言うことをきかずに、肋骨《ろっこつ》の中で暴れている感じだ。

「みんな、ヘブンズドアに期待してるみたいよ」

氷川さんがステージを覗《のぞ》く。卒業ライブの開始を今か今かと待ちわびている生徒たちの野次が、どんどん大きくなってくる。森崎でてこいとか、祥子ちゃん付き合ってーとか、みんな好き勝手に叫んでいる。生徒会の実行委員たちが力を合わせてライブ会場化してくれた体育館は、ついさっきまで最後の卒業式が行われていたとは思えないほどの活気ではちきれそうだ。最後の卒業ライブだからなのか、ほとんどの生徒が家に帰らずにここに残っているらしい。

みんな、興奮した真っ赤な顔で、まだからっぽのステージを見つめている。黒い学生服と紺のブレザー、赤いリボンに白いカッターシャツが入り交じって、高校生の色になる。

「衣装もメイク道具も何もねえよ……これじゃステージ出られねえじゃねえか！」

観客の熱気が伝わってきて余計に、カムイが肩を落とした。ちなみにカムイとは本名ではない。森崎のバンドメンバーにはそれぞれ、到底本名とはかけ離れた呼び名がついている。ちなみにヴォーカルでありリーダーでもある森崎の名前は、「刹那《せつな》四世」だ。どうしていきなり四代目なのか、を皮切りに言ってやりたいことはぽんぽん思いつくが、私は結局今まで何も言うことができなかった。

「カムイ、落ちつけよ。ドラムのお前が落ち込んでたら、バンドのビートが弱くなるぜ」ギター担当が、カムイの肩に手を置く。

「世界が消えて失《な》くなる前に……ありがとう。お前の咽《むせ》び泣くようなギター、期待してるよ」

「お前名前長《なげ》えんだよ!!」

私は思わず大声をあげてしまった。ギター担当がびくっと肩を震わす。

「ずっと言おうと思って我慢してきたけど、今日最後だし思ってたこと全部言う！　名前が【世界が消えて失くなる前に】って何!?　何でそんなにめんどくさいの!?」

「神田《かんだ》さん、落ち着いて。世界が消えて失くなる前にもそれけっこう気にしてるんだから」

「長!!　会話が不自然でしょどう考えても！　ていうかあんたも！」私は、口を出してきたベース担当に食ってかかる。

「【心音】って書いて【パルス】って読むとか実はお前が一番めんどくさいんだよ!!」

場を鎮めようとしたのに一番大きな声で怒鳴られた心音《パルス》がしゅんとする。心音は背も小さければ体も細いので、背中を丸めていると子どもみたいに見える。

「神田さん」

氷川さんがタイムスケジュールを睨んでいる。

「そろそろ始めないとまずいんじゃない？　みんな、しびれを切らしているみたい」

ステージのほうから、まだかよー、とか、腹減ったとか帰っちゃうよーとか、いろんな声が飛んできている。

「それじゃあさ」ギターを抱えたイケメンデュオが黄色いピックを摑《つか》んだ。「とりあえず俺たちとMCだけ出て、場、繋《つな》いどこうか？　その間にどうにかして探せよ、衣装とか」これ以上客待たせるわけにもいかねえだろ、ともう片方のイケメンが言う。

「ほんと、あんたたちはよくできてて助かるよ、変な名前もなくて遠くからでも呼びやすいし……お願いしていい？」

私は顔の前で両手を合わせて、ＭＣを買って出てくれたお調子者の男子二人に合図を送る。楽器の演奏はとても舞台には立たせられないレベルの二人だが、その代わりＭＣ力がやたらとついてしまった。制服のシャツに大きな赤い蝶《ちょう》ネクタイと市松模様のサスペンダーを装着した二人は、「任せろい！」とマイクを握ってステージへ出ていく。後を追うようにしてイケメンデュオも控え室から消えた。五秒ほどして、わあああああと津波のような歓声が聞こえてきた。

「……隠したの、もしかしてあいつらじゃないだろうな」カムイがステージへ出て行ったデュオを見ながらつぶやいたが、「あの子たちがそんなことする理由がないじゃん」と私に叱られて黙る。

カムイが黙ると、控え室は静かになった。場所をとっていた四人分の衣装がなくなった控え室は、やけに広く感じる。

卒業式を終えてこの控え室に戻ってくると、朝のうちに準備しておいたはずの【ヘブンズドア】のステージ衣装とメイク道具がごっそりなくなっていた。はじめに気がついたのは、桜川くんだった。「なんか、やけにスッキリしてね？」そしてすぐに、カムイが異変に気がついた。「ない！　衣装！」「メイク道具もないぞ、全員分！」ちなみに、森崎は最後まで気がつかなかった。式中に何度も礼をして乱れてしまった前髪を直す作業に全力を注いでいたからだ。

　アコースティックギターのやわらかな和音が聞こえてきた。もう、卒業ライブは始まってしまった。【ヘブンズドア】の出番まで、あと一時間もない。

「……こういうのって、第一発見者が怪しいんだよな」

　カムイの一言に、桜川くんが「あ？」と顔を上げる。明らかにけんか腰だ。「ほら、やめて」バンドの紅一点、祥子ちゃんが桜川くんをなだめている。

「だってそうだろ、どう考えてもお前が一番怪しいんだよ！　いっつも俺たちに食ってかかってきやがって」

「うるせえな、今食ってかかってきてんのはお前だ、高田《たかだ》。ほら、カバンの中身好きなだけ見ろよ」桜川くんに急に本名を言われたカムイはぴたっと動きを止める。世界が消えて失くなる前にが「見つけなきゃ、最後のライブが始まる前に」とひとりでつぶやく。

　相変わらず刹那四世こと森崎は、椅子に座ったまま、何も言わずにどこかを見つめている……と思ったらいつのまにか手鏡に向かって何パターンもキメ顔をしていた。

「ちょっと森崎！　何してんのよ！　衣装とメイク道具なくなってんのよ？」

「神田杏子《きょうこ》、俺のことは刹那四世と呼べ。もうライブ、いや神の集会が目の前に迫っ」

「だからその刹那四世になるための道具が全部なくなってんだって!! あんた今ただの前髪長い高校生なんだからね!」

私は森崎の座っているパイプ椅子をがつんと蹴り飛ばす。今年の卒業ライブは、BUMP OF CHICKENの〝車輪の唄〟からスタートしたようだ。普段はうれしい観客の盛り上がりに、今日はイライラしてしまう。

森崎率いる【ヘブンズドア】は、その演奏というよりも、本格的な衣装とメイクで魅せるパフォーマンスで生徒たちから人気を博している。ヘブンズドアだからといってボブ・ディランをリスペクトしているわけでは全くなく、完全なるベッタベタのヴィジュアル系バンドだ。奇抜なメイクや派手な衣装で創り上げられた不思議な世界観が功を奏してか、生徒たちの中での認知度と集客力、そしてライブの盛り上がりは軽音部の中でトップだ。だから今日もトリを任されている。実際は、刹那四世だとかカムイだとか、ライブ告知のビラなのに「集え神の仔《こ》ども」と記してみたりだとか、そういうところが面白くてただウケているだけなのかもしれない。いかんせん森崎に限っては顔の作りが整っているため、後輩女子から人気が出てしまっているのだ。

「どうすんのよ森崎、探さなくていいの? ねえ、このままじゃ刹那四世になれないんだよ?」

私は、いまだ固まったままの高田、もといカムイたちの気持ちを代弁するつもりで森崎に詰め寄る。「刹那四世になれないわけないだろ、俺が刹那四世なんだから」わけのわからないことを言って素知らぬ顔をしているのは森崎だけで、他のメンバーたちは顔面蒼白《そうはく》だった。確かに、今の姿のままステージに上がって「集え神の仔ども」などとほざいたところで、ただの高田と森崎なのだからどうにもならない。

やっとフリーズ状態から解放されたカムイたち三人がさがさと控え室じゅうを探しまわる中、何十パターンものキメ顔をしていた森崎はやっと重い腰を上げた。もう、〝車輪の唄〟は最後のサビにさしかかっている。

「みんな、そんな躍起になって探さなくても大丈夫だ」

え、と、心音が目を輝かせる。さすが森崎、どうにかしてくれるんだ、とそのきらきらした瞳が言っている。

「なぜならば、きっとこんなことは神が許さな」

「さっきから言ってること意味わかんねーんだよ!!」最後まで待てずに私はバシンとテーブルを叩く。

「ていうか三年くらい前からずっと何言ってんのかわかんなかったよ……」発散し切れなかった思いを小声で垂れ流すと、視界の隅で祥子ちゃんがぷっと噴き出したのが見えた。

「神田さん、落ち着いて。あなたがそんなにイライラしてどうするの」

氷川さんがやさしくそう言ってくれたけれど、ボールペンのノック音の回数が増えている。きっと氷川さんもイライラしているのだろう。

だけど、どうしても落ち着いてはいられない。このままじゃ絶対ダメだ。衣装もメイク道具も、どうにかして見つけなければいけない。

「だから、神様が言ってんだって。メイクも衣装もなくして、自分の実力だけで勝負しろって」

桜川くんが足でリズムを取りながら言う。デュオによるあいさつが終わり、ステージでは二曲目が始まっていた。

「桜川くんも、わざわざ神経を逆撫《さかな》でするようなこと言わなくていい」氷川さんはメガネを直すと、「神様うんぬんは別にして、ただただ管理が甘い。ものをなくすなんて、自己管理がなってない証拠」と続けた。

なぜか誰よりもしゅんとした心音が「ごめんなさい」と項垂《うなだ》れると、桜川くんがけらけら笑った。「まあでも、氷川さんだってビートルズのCDなくしたんだろ？　昼の放送、いきなり違う洋楽になったもんな」「あれは、まあ、なくした」二人はビートルズが好きな者同士いい距離感で会話をしているけれど、相変わらず控え室の空気は冷え切っていた。

「絶対あいつが隠したんだよ」天井裏を調べようとしてテーブルの上に立っているカムイのつぶやきは、私の耳元で溶けてなくなる。

衣装とメイク道具。どこに隠されたのかも、誰が隠したのかもわからない。ステージではイケメンデュオが声を張り上げてハモっている。スピッツの〝楓《かえで》〟は広い体育館によく響いて、私はよけいにむなしい気持ちになった。

「ねえ」私は桜川くんを見た。

「ごめんね、元部長の私がこんなこと言うのよくないけど……ほんとのほんとに犯人は桜川くんたちじゃないんだよね？」

「だから違うって」桜川くんはミネラルウォーターを少し飲んで喉を潤している。出番が近づいているのだ。

「こんな当て振りバンドの何を妬んでそんなことするんだよ。今日だって音源ありきなんだろ？　ギターもベースも当て振り、ヴォーカルも機械音ぽく加工して……ほんとダセェよ」

テーブルの上に置かれたＣＤ－Ｒを指さして、桜川くんは口の端だけで笑った。カムイたちが悔しそうに下を向く。「でも僕たちが一番盛り上がるもん」心音が負け惜しみのようにぼやいたそのとき、

パチッ

と音がして控え室が真っ暗になった。

「何っ、電気消えた!?」

焦る私の横で、低い声でゆっくりと森崎が語りだした。

「ついに神々が怒りだしたようだな……これが俺たちヘブンズド」

「私が背中でスイッチを押してたみたい」

氷川さんの冷たい声がして、パッと室内が明るくなる。ふわっと白い光が視界を包んだと思うと、またさっきと同じ光景が目の前に広がった。

そしてすぐに、カムイが「あっ」と声を出した。私もそれに続く。

目の前には、全く同じ光景が広がっているわけではなかった。

テーブルの上に置かれていたはずの、【ヘブンズドア】の音源が入ったCD－Rが、ない。

「電気が消えて明るくなる前に、失くなったみたいだな……」

世界が消えて失くなる前にがそうつぶやくと、氷川さんが一度だけボールペンをノックした。

このままじゃ、まずい。衣装もメイク道具もCD－Rも全部見つけなければ、私がずっと隠しておきたかったものが、みんなに見つかってしまう。

◆

　私たち軽音部にとって、毎年六月の最終金曜日にある定期演奏会が名目上の引退ライブだ。吹奏楽部といっしょに年に一回だけ行う定期演奏会を終えて、受験に専念する人が多い。しかし軽音部は他の部と違って大会もなく、基本的に文化祭や卒業ライブにむけて自主練するしかないため、六月で引退といっても三年生はだらだらと練習室に残り続ける。実際、九月の文化祭ライブにもほとんどの三年生が出演した。

　部室兼練習室となっている小さな防音室は、もともと吹奏楽部のものだった。吹奏楽部の人数が減ってしまい、部屋をひとつもらえたのだ。古いドラムセットと電子オルガンが一台ずつ、あとはたくさんのＣＤやカセットテープ。床にはピックや楽譜や音楽雑誌が散らばっていて、その雑然とした感じがやけに落ち着く。防音室といっても一番古い部屋だから機能は低下していて、びっくりするくらい音が漏れるから、軽音部はいつも肩身の狭い思いをしながら練習していた。

　演奏会が近づいてくると、練習室は混む。それまでは曜日、時間ごとに練習室を使うバンドを決めて、残りは各自どこかのスタジオを借りるなどしていたけれど、六月初旬ごろからどのバンドも練習をしたがるから、吹奏楽部に部屋を分けてくれるよう頼んだりもした。練習室にはもちろんクーラーもないので、スタジオでもらえるうちわや下敷きくらいしか風を生むものがない。音が漏れるため窓を開けるわけにもいかず、みんな汗だくになりながら練習をしていた。

そのイライラも、原因のひとつなのかもしれない。小さな小さな雨粒が大きな水たまりを作るみたいに、それまで表面化していなかった【ヘブンズドア】と桜川バンドの軋《あつ》轢《れき》が、ある日爆発した。いままでは仲が悪いというわけではなかったけれど、桜川くんは当て振りをしている【ヘブンズドア】をバンドとして認めることができず、トリを取られることにずっと苛立っていたらしい。当時部長だった私は空気がぴりぴりしないよう気をつかって振る舞っていたつもりだったけれど、最後の定期演奏会の出演順を決めるとき、ついに桜川くんのイライラが爆発した。

「お前らなんてバンドじゃねえよ！　何でお前らがトリなんだよ！」

桜川くんの言葉を受けたカムイたちは「もう決まったことじゃんねえ」とこそこそ隠れて何だかんだ言っていたけれど、森崎は何も言わなかった。

その日の放課後、私が練習室の鍵を返そうと職員室に向かっていると、階段に森崎が立っていた。桜川くんが言った内容よりも、森崎が何も言い返さなかったことに対して腹が立っていた私は、練習室の鍵を持ったまますつかつかと近寄った。

「あんた、あんなふうに言われて悔しくないの？」

「神田、あしたから練習室の鍵の管理、俺にやらせてくれ」

私の言葉を最後まで聞かずに、森崎は私の手から鍵を奪い取った。私の汗ばんだてのひらには、銀の小さなかたまりの代わりに金属くさいにおいが残った。

私は、誰もいなくなった階段で少しだけ、口元を緩めた。やっぱり森崎は、森崎のままだ。いくら衣装で着飾って厚くメイクをしても、それは変わらない。

あれは、夏服の白に合わせてベースのストラップを赤色に変えたころだった。定期演奏会を来週に控えて多忙を極めていた私は、金曜日、楽譜一式をうっかり練習室に忘れてしまった。楽譜がないと、土日、家で練習ができない。私はばたばたと足音をたてながら慌てて練習室へと戻ろうとした。

あ、だけど。

スイッチを切られたように足が止まった。練習室には今、森崎がいる。鍵の管理を交代してから、森崎は誰よりも遅くまで練習室に残るようになった。外が真っ暗になるまで練習をする女子バレーボール部よりも、鍵を返すのが遅いときもあるくらい、らしい。私は形式上顧問ということになっている先生からこっそりそのことを聞いていた。

今、練習室に戻るべきじゃないのかもしれない。森崎はきっと、誰にも知られたくないし、誰にも聴かれたくないはずだ。

私は歩くスピードを遅めて、練習室まで戻った。足音をたてないように、誰にも見つからないように、太陽の速度に沿ってオレンジ色を濃くしていく廊下に影を落としながら歩いた。雨上がりの放課後の空気はしっとりと私を包んでくれていた。今日で梅雨が終わったのかと思わせるくらい、夕陽《ゆうひ》は純粋な橙《だいだい》をしていた。

南棟の二階に軽音部の練習室はある。階段の一段目とかかとを踏んだ右足の上履きの底がぶつかりあって、ぱたん、と乾いた音を響かせたそのとき、

桜川くん？

頭の中に浮かんだ桜川くんの顔を、私は打ち消した。練習室から漏れ聞こえてくる音、その音符ひとつひとつが頭の中で勝手に桜川くんのイメージを作り上げたのだ。

ビートルズ。練習室から、ビートルズが漏れ聞こえてくる。

私は胸の底から湧き上がってくるような思いを奥歯で嚙《か》み砕きながら、一歩ずつ階段を上った。

森崎が、ＣＤにかぶせて歌っている。下手くそな発音に頰が緩んだ。曲のテンポに歌詞が追いつかないから、ところどころリズムがズレてしまっている。それでも、散らかった音符をひとつずつ自らに引き寄せるようにして歌っている。

桜川くんがいつもライブでカバーしているビートルズ。桜川くんがリスペクトしているポール・マッカートニーを、森崎が練習している。

下手くそなビートルズは、雨上がりの校舎になぜだかとてもよく似合っていた。高校の校舎に似合うものは、いつだってとってもかっこわるいものなのだ。

お前らなんてバンドじゃねえよ。

桜川くんのその言葉が、悔しくなかったはずがない。あのあと、森崎に詰め寄るべきではなかった。「あんた、あんなふうに言われて悔しくないの？」絶対に悔しい。そんなことわかっていた。だけどそれでもその言葉を止められなかったのは、私自身が悔しかったからだ。

あと一段で階段を上りきる、というところまできて、私はもう一度足を止めた。やっぱり楽譜を取りに行くのはやめよう、と後ろに向き直ったそのとき、私の耳が森崎の声とは違う音をつかまえた。

カチ、カチ、カチ、カチ。

メトロノームが鳴っている。右に左に揺れて、四拍子を刻んでいる。メトロノームの長さを調節している森崎の横顔を想像すると、私は少し笑ってしまった。使い方もよく知らないくせに、いっちょ前にこんなもの使って。

カチ、カチ、カチ、カチ。

ポール・マッカートニーの歌声と、森崎の下手くそな英語、そして鳴り続けるメトロノームの四拍子。その三つの音に包まれて、私は足取りが軽くなるのを感じた。そしてオレンジ色のじゅうたんが敷かれたような階段を一段飛ばしで駆け下りた。

◆

「どこにもない、ほんとにどこにもないよ！」

控え室に戻ってきた心音が、肩で息をしながらそう喚《わめ》いたところで私は我に返った。

「この体育館も、舞台裏も、教室まで見に行ったけど、どこにもなかったよ。あと探してないのは……女子トイレくらい」

「この際女子トイレも見て来いよ！」カムイが心音の頭をぱかんと殴って、心音が目を潤ませる。世界が消えて失くなる前にが勝手にみんなのカバンの中身を漁《あさ》りだして、激昂《げっこう》した祥子ちゃんに殴られている。

もうすぐ、イケメンデュオのライブが終わる。桜川くんのバンドの出番が近づいている。他のメンバーたちもそれぞれの楽器を抱えて、深呼吸をしながら緊張をほぐしている。もう、衣装やメイク道具のことは正直どうでもよくなっているみたいだ。

もう時間がない。

「……やばいよ」

私は自然と声を出していた。

「やばいよ、ダメだよ、早く見つけなきゃ！　せめて音源だけでも探そうよ！」

「いきなりどうした？」森崎が私を見る。

「そうだよ、せめて音源だけでも探さないとダメだよ！　だってもしこのまま見つからなかったら！」

「神田、落ちつけよ」

森崎が、腕を摑んで私の目を見た。

このまま何も見つからなかったら、私が隠しておきたかったことが、こんなにも大勢の人の目の前に差し出されてしまう。

森崎が私の目の中を覗き込んでいる。

ごめん、と言いかけたそのとき、観客席からひときわ大きな歓声と拍手が聞こえてきた。

「お疲れ様でしたー！」「客のノリめっちゃいいですよ！」

ミュージシャンぶったことを言いながら、汗ばんだ顔をきらきらさせてイケメンデュオが控え室に帰ってきた。いまだすっぴんの【ヘブンズドア】の面々を見て戸惑ったのだろう、二人は「あれ、いまノーメイクで大丈夫なんスか？」と驚く。

「大丈夫じゃないと神が呟《つぶや》いている」

「神じゃなくてもそう呟いてるわよ……」

森崎の言葉にぐったり項垂れていると、桜川くんたちは素知らぬ顔でスタンバイし始めた。

「ねえ高田、あんたたち一応練習はしてんでしょ？　こうなったら桜川くんの言うとおりだよ。実力勝負！　生演奏できないわけ？　あんたたちに今残ってるものって、楽器しかないんだよ！」

私はカムイの胸倉を摑む勢いで詰め寄った。「一応カムイって呼んでよ！　高田とかやめて！」まだそんなことを言っているこの口を今すぐ瞬間接着剤でくっつけてしまいたい。

「無理だよ、生でバンド演奏できるほどじゃねえもん」

「……あんたたちは練習室で毎日何をしてたのよ……」

「ポージングの練習とかメイクの研究とか？」

桜川くんがフッと鼻で笑ったのがわかった。ポーズをポージングというところとか、細かいところにまで本当にイライラする。桜川くんたちは今日も本格的な洋楽のカバーで攻めるらしい。もちろんビートルズもやるみたいだ。

ステージからMCの元気な声が聞こえてきた。タイムキーパーをしてくれている生徒会の女子が、控え室のドアからひょっこり顔を出して言った。「次のバンド、よろしくお願いしまあす」

「マジでどうにかしろよな。曲がりなりにもお前らトリなんだからな」

桜川くんはそう言い捨てて、颯爽《さっそう》とステージへ出て行く。キーボードの祥子ちゃんが
「ほんとに、隠したの私たちじゃないんだよ。とりあえず、がんばって時間延ばしてみるから。あとカバン漁ったアイツはあとで殺す」とサラリと私に小声で耳打ちしてきた。

しばらくして、ステージからピアノのイントロが聞こえてきた。祥子ちゃんのキーボードは繊細で正確だ。ジャミロクワイの、〝ヴァーチャル・インサニティ〟。桜川くんがマイク片手にリズムを取っている様子が目に浮かぶ。

「衣装もなくて、メイクもできなくて、音源のCD－Rもない。楽器も弾けない。こうなったらもう」

氷川さんが腕を組んで壁にもたれたまま森崎を見た。相変わらず右手でボールペンをノックしている。

「ヴォーカルがアカペラで歌う、しか、道はないね」

控え室にいる人全員の動きが、一瞬止まった。

「ダメだよ！」

みんなの視線と控え室じゅうの空気が、大声を出した私に集中する。

だって、と言いかけて、私は口をつぐんだ。カムイが不思議そうな顔をして私のことを見ている。

「……だって、そんなのキモいよ」

キモいだと？　と森崎が詰め寄ってきたので、「キモいキモいキモいキモいキモい」と呪詛《じゅそ》のように言ってやった。

空気を元に戻せたようで、一安心する。森崎にアカペラで歌わせたりなんかしたら、ダメだ、絶対にダメだ。そうさせないために、メイク道具も衣装も音源も、探し出さなくてはならない。

「でも、アカペラで歌う以外に、何かできる？」

ボールペンのノック音のあいだから、氷川さんの冷たい声がこぼれてくる。

そんなことをしたらダメだ。私はもう一度心の中で強く思った。絶対に、絶対にダメだ。

時間がない。桜川くんのバンドは、着々と曲数をこなしている。

観客の生徒たちも、ライブが佳境に差し掛かろうとしているのを感じ取っているのだろう。今までにない盛り上がりをみせている。体じゅうに五個も六個も心臓があるみたいに、生徒たちの全身がどんどんと脈打っている。それは、高校生最後の大騒ぎを、みんなで演じているようにも見えた。

「犯人は、あいつらじゃないと思う」

森崎が椅子に座って足を組んだまま言った。「ポージングはいいからあんたも体動かして探しなさいよ！」私がガツンと椅子を蹴ると、こめかみに当てていた中指がズレた。

「桜川たちは俺たちの衣装を隠したり盗んだり、そんなことしないよ」

静かになった控え室の中に、桜川くんの歌声が流れ込んでくる。きれいな音楽の中にいると、あきらめに似たような気持ちが生まれてきてしまう。

「見つけなきゃダメだって！　ね、カムイ!?」カムイに同意を求めても、もう間に合わないという表情をされる。「……ね、高田!?」「高田って言うのはやめて！」祥子ちゃんの切ないキーボードに心音が酔いしれているので、私は思わずビンタしてしまった。相変わらず、ギターもベースもドラムもうまい。選曲もいい。私たちにとっても、この高校にとっても最後のライブが、すぐ隣の空間で爆発している。

マイクを通した桜川くんの声が聞こえてきた。

それでは、最後の曲です。

カムイのため息が合図となったように、アコースティックギターのイントロが流れ出した。ビートルズだ。ああ、と、あきらめたようにカムイが項垂れた。すぐそこでライブが行われているのに、全く別の場所にいるような気持ちだ。静かな控え室に、氷川さんのボールペンのノック音だけが響いた。

私はそのとき、何も聞こえなくなった気がした。頭の中でだけ、カチ、と音がする。

ビートルズ。桜川くんのリスペクトしているバンド。放課後の練習室、森崎が一人で歌っていた曲。

そして、ある日を境に、昼の放送で流れなくなったCD。

今日、衣装やメイク道具、音源までなくなった。森崎ができることは、アカペラで歌うことだけ。


カチ、カチ、カチ、カチ。

練習室に、ビートルズのCDなんてあっただろうか。いや、ない。桜川くんは、大切なビートルズのCDを置きっぱなしにして帰るようなことは絶対しない。

カチ、カチ、カチ、カチ。

メトロノームの四拍子。私が今日までずっと隠しておきたかったこと。

私は大きく息を吸った。

そのとき、津波のような拍手が起こった。桜川くんたちの演奏がすべて終わったみたいだ。カムイたちが絶望的な表情で肩を落とす。

「森崎くん」

汗だくの桜川くんたちが控え室に入ってくるのと同時に、氷川さんは言った。

「あなたがアカペラで歌えば、すべてに勝てる」

ビートルズのCDだけじゃない、私たちの練習室には、メトロノームなんてものもない。

◆

控え室から出たところにあるステージ袖は照明が当たらないから、そこだけ暗い。桜川くんたちがはけて、無人になったステージを色とりどりのライトが照らしている。

私の前方、少し距離を置いたところに、氷川さんが立っている。私たち二人のすぐそばを、蝶ネクタイをつけたＭＣ二人組が駆け抜けていった。

「氷川さん」

すごくかっこよかったですねー！　と、ＭＣが声を張り上げる。

「私ね、パートはベースなんだけど、すごく下手なの」

森崎まだかあー？　ヘブンズドアー！　カムイ先輩かっこいーー！　ＭＣに負けじと、観客も声を飛ばす。

氷川さんはこちらを振り向かない。ステージを見つめている。

「でもね、一応、中学のときからずっと軽音部なんだ。軽音部にいれば、ずっと森崎の歌声聴いていられるからさ」

せーの、森崎センパーイ！　卒業ライブさいこおー！　早くでてこーい！

「衣装、メイク道具、音源……全部、氷川さんが隠したんだよね？」

氷川さんは私に背を向けて立っているから、どんな顔をしているのかわからない。ただ一回だけ、右手に持っているボールペンをノックした。

頷《うなず》くように、カチ、と音がした。

ステージ袖はとても静かに感じる。すぐそばで百人単位の生徒たちが大騒ぎしているのに、ここには私と氷川さんしかいない。生徒会の人たちが操作してくれている色とりどりの照明が、ぴかぴかに磨かれたステージの上を左右に滑っている。

「昼の放送」

私は氷川さんの後ろ髪を見つめる。

「夏ごろ、ビートルズかけるのやめたよね。あれ、森崎が放送室からCD持って行っちゃったからなんでしょ？　氷川さん、ものをなくすような人じゃないもん」

ね、と私が念を押しても、氷川さんは何も言わない。こちらを見もしない。氷川さんは放送部部長だったから、CDがなくなったって自分の責任にしてしまえた。ほんとは桜川くんを見返す練習のために、森崎が勝手に持って行ってしまったのに。

定期演奏会直前、六月の下旬。森崎がビートルズのCDにかぶせて、歌を練習していた放課後。練習室から漏れ聞こえていた歌声と、あるはずもないメトロノームの四拍子。

控え室のドアが開いて、森崎が出てきた。表情を見るだけで、緊張しているのがわかる。

「森崎、大丈夫？……ほんとにひとりで歌うの？」

私が訊《き》くと、森崎はマイクを強く握りしめて言った。

「神はどこまでも俺に試練を与えるようだな」

「マイクオンになってるって！」

私のツッコミも見事にマイクに乗ってしまい、生徒たちから笑いが起こった。みんな、最後の卒業ライブの渦の中に巻き込まれている。もうすぐ何もかもが壊されてしまうこの夢のような空間の中で、今立っているステージ袖の部分だけが現実みたいだ。森崎は、一度私の肩の上に手を置いて、背筋を伸ばしてステージへ出ていった。メイクもしないで、ただの学生服の姿で。

私は森崎の背中を見つめて思った。

もう、隠しきれない。

私が、ずっとずっと隠しておきたかったもの。

「定期演奏会のときと違って、氷川さんライブが始まってもずっと控え室にいるから、仕事大丈夫なのかなって思ってた」

「……最後だし、みんなの演奏見ていたくて。仕事は後輩に任せた」

「みんなの、ね」

氷川さんも素直じゃないな。思ったことを口には出さずに、私はステージの中央へと歩いていく森崎の背中を見つめ続けた。学生服姿の森崎がステージに現れると、波打つようなざわめきが生徒たちの間を駆け抜けていった。刹那四世！　という野次に、笑い声がかぶさる。

照明の当たらないステージ袖は暗くて静かだ。

心臓が動く音が聞こえてしまうくらいに。

「氷川さんって、森崎のこと好きなんだよね」

きれいな黒い髪が一度ゆらりとひらめいて、ふちなしのメガネの奥にあるふたつの瞳が私を捉えた。暗くて、どんな表情をしているのかわからない。

「私と一緒だね」

「…………」氷川さんは何も言わないで、またステージのほうに向き直った。私は氷川さんの後ろ姿を見ながら言う。この場所だと、ボールペンのノック音が大きく響く。

カチ、カチ。

「正直、趣味がいいとは言えないかもね」

「……神田さんこそ」

急に、照明の光がふわっとステージ袖にまで届いた。照明係の子が手動のライトを派手に動かしている。

氷川さんは耳の裏まで真っ赤だった。

こんなかわいい人に見つかってしまったんだ、と私は思った。

「私ね」

ステージの中央に立った森崎に、いろんな歓声が振りかかっている。MCの二人組がはけて、生徒会の女子が入れかわるように、スタンドマイクを運んできてくれた。

「森崎の本当の歌声、みんなに隠していたかったんだ、ずっとずーっと。だって、中学のときなんか軽音の女子みーんな森崎のこと好きだったり憧れてたりしたんだから。ここでもそうなったら困るもん」

「そうなんだ」

素っ気なく答えている氷川さんの赤い耳たぶがかわいい。

「氷川さんはみんなに聴いてほしかったんだね。みんなに、純粋に、森崎の歌声を知ってほしかったんだね」

森崎がスタンドマイクの高さを整えている。まだ生徒たちはざわついている。何も着飾っていない姿で、たったひとりで。楽器すら、ない。

森崎は、アカペラで歌うしかない状況になった。ただ純粋に、歌うだけの状況になった。

「そのために、衣装もメイク道具も、氷川さんが全部隠したんだね」

森崎メイクはー？　お前誰？　という男子生徒の野次が飛んできて、またどっと笑いの渦が生まれる。

「……当て振りだってこと忘れてて、音源は慌てて回収する形になったけど」

氷川さんはそう言って、制服の中からCD－Rを出した。

桜川くんが当て振りの話をしだしてすぐ、部屋が暗くなって音源のCD－Rがなくなった。そのとき、壁にもたれて電気のスイッチを押してしまったのは氷川さんだった。その間に制服の中にCD－Rを隠したんだ。

「卒業式終わってすぐ、みんなが部活の集まりに行ってる間に衣装もメイク道具も隠したの。絶対に見つからないようにしようと思って、一回家に戻って置いてきた」

「家に!?」

私はつい大声を出してしまう。袖側でひしめきあっている生徒のうち何人かが、ちらりとこちらを見た。

「うん、家。私んち、ここから歩いて五分なんだ」

「それって普通に窃盗だよね……」

「訴えないでね」

「森崎のCD盗難に目つむってもらってるしね」

ガタン、と音がしてスタンドマイクが一番低い位置まで落ちた。固定のし方がよくわからないらしく、ポーズを決めていた森崎は急に小動物のようにオロオロしている。他のメンバーが出てこないことに客がざわつき出している。

氷川さんの耳は、まだ赤い。そのあつい赤色をごまかすように、ボールペンをまたノックする。

「……放送室からビートルズのCDがなくなったとき、まず桜川くんのバンドを疑った。ビートルズをいつも演奏していることは定期演奏会や文化祭で知っていたから」

MCの二人が私たちを横切ってステージの中央までダッシュし、スタンドマイクを直してあげている。ぺこぺこする森崎の姿に、また笑いが起こった。

「それで、盗まれたことを確かめてやろうと思って、翌日すぐに軽音部の練習室に行ってみた。防音室のくせに、あんなに音が漏れるんだね」

他のヤツらは!?　という男子の野次や、女子の黄色い歓声や、笑い声。

森崎を見つめている、氷川さんの声。

「動けなくなったんだよね、あのとき」

やっぱりあのときだったんだ、森崎の歌声が見つかってしまったのは。

「発音も下手だし、とにかく全然歌えてなくて本当にかっこわるかった。だけど、声がとにかくきれいだった。びっくりした。誰だろうと思った。角に隠れて、誰が出てくるか見ていた。そしたら彼が、練習室から出てきた。びっくりしたよ、イメージと全然違ったから」

ステージ袖にぽろぽろと落ちて転がる、ボールペンのノック音。

「……あのね、私もそこにいたんだよ」

え？　と氷川さんが一瞬だけこっちを振り向いた。ちらりと見えた顔面はやっぱり真っ赤だった。

「楽譜を取りに行ったとき、歌の練習をしている森崎の声が聞こえてきてさ。私、そのとき、森崎がメトロノームを使ってんのかと思ってたんだ」

カチ、カチ、カチ、カチ。

「あれ、氷川さんのボールペンの音だったんだね。森崎の歌に合わせて、四拍子、取ってあげてたんだね」

スタンドマイクの設置が完了したようだ。森崎がマイクをトントンと叩く。

「私は、彼の歌声を、卒業するまでにみんなに聴いてほしいと思った。ずっとそう思ってた」

氷川さんはそこで、ふっと息を吐いた。

「……でもそっか、それでライバルが増えるって考えたことなかったな」

森崎は、スタンドマイクの前で、その場に突き刺さったように立っている。

「でも、それでも、やっぱり聴いてほしいな、みんなに。彼はこんなにもすごいんだって、知ってほしかった」

いつのまにか、生徒たちの野次はなくなっていた。みんな、ステージの中央、スポットライトの真ん中で、マイクを睨むようにして見つめている森崎の姿を見守っている。森崎の緊張が体育館全体を包み込んでしまっているようだ。

最後の校舎、最後のライブ。最後の最後で、たった一本のマイクがこの世界の中心になる。

私が隠しておきたかったもの。氷川さんがみんなに知ってほしかったもの。今日、森崎のファンが増えてもいいや。もう最後なんだから、今日くらいひとりじめはやめよう。

ふと、氷川さんがこちらに振り返って微笑《ほほえ》んだ。

「……ほんとのこと言うと、最後に私がもう一回聴きたかっただけかな」

私はそのとき、氷川さんが笑っているのを初めて見た。

森崎がマイクの前で、すう、と大きく息を吸った。

ふたりの背景

誰もいないんだろうな、と思ってドアを開けたら、ほんとうに誰もいなかった。予想はしていたけれど、あまりにその通り、いざまっさらな空間を突き付けられると少しうろたえてしまう。がらんどうの美術室に生きた人間は似合わない。アイボリーの石膏像《せっこうぞう》とか余白が多いキャンバスとか、そういう、血の通っていない白でできているものが似合う。

美術室の椅子に座ってやっと、卒業アルバムを開いてみた。ずっとずっと閉じられていた部分が、初めて空気に触れる。アルバムは一ページ一ページが分厚くて、どこかもったいぶっている気がする。みんなより半年ぶん通っていない校舎の写真が見開きで載っている。春、夏、秋、冬、いろんな季節の写真があるからとてもきれいだけれど、それだけだ。通常の授業を受ける教室がある北棟、体育館や部室がある西棟、この美術室や職員室や図書室がある南棟、真ん中にある中庭。こんなふうにきちんと撮られるだけで、全く知らない場所に見える。

私が高校生活を送っていた場所は、こんなにも美しくなかった気がする。

私はもう一度校舎の写真たちを見なおした。期待していたわけではないけれど、やっぱり写っていない。

東棟の校舎は、まるで、この学校になかったものとされているみたいだ。この学校で一番きれいで、何年経《た》っても見直したい場所は東棟のあの壁画なのに。

美術室の棚には、去年の文化祭のときに描いた、背景のない肖像画が数枚並んでいる。時計の針すらも止まっているような空間の中で、私はやっと自分のクラスのページにたどりついた。

ページを埋め尽くす、生徒ひとりひとりの個人写真。私の不自然な黒髪はその中でもよく目立つ。胸の辺りまである黒い髪には、他の人のそれとは違って、ピアノの黒鍵のような異物感がある。右耳に髪の毛をかけているから、耳たぶにぽつんとある点が露《あら》わになっている。

不自然な黒髪と、耳たぶにある点。無表情の【高原《たかはら》あすか】の隣では、毛先をゆるく巻いた【中島里香《なかじまりか》】が口角をあげて笑っている。ふくらんだ頬骨となみだぶくろに押しつぶされるようにして、目が細くなっている。里香はいつも、こういう笑い方をする。

担任が私の髪の色を初めて注意してきたときも、突然美術室に現れたあのときも。

初めてこの笑顔を見たとき、こんなに笑っているふうに見えない笑顔もあるんだ、と感心したことを、私は今でも覚えている。

っしゃー！　と、雄叫《おたけ》びがグラウンドから聞こえてきた。制服を脱ぎ捨てた前髪の長い男子たちが、サッカーボールを思いっきり蹴り飛ばしている。マジ気持ちぃー！　ふざけんなテメー取ってこい！　怒鳴るようにして会話をしている彼らはきっとサッカー部だ。いつまでも教室でアルバムにメッセージを書き合っている女子と違って、男子は部活の集まりに行くのが早い。たぶん、クラスでの友達と部活のメンバーがほとんどかぶっているからだろう。

サッカー部ゴールに集合ー！　という声がして、グラウンドに男子たちが増えていく。後輩よりも早く教室から飛び出してきた卒業生たちが、好き勝手に走り回っている。たった壁一枚で隔てられているだけなのに、別の国の中継映像でも観《み》ているみたいだ。

ぱらぱらとアルバムのページをめくる、つもりだったけれど、ページ同士がやっぱりくっついていて、ばふん、と一気に最後のほうのページまで飛んでしまった。

三年H組、と、左上に書かれている。

H組は六人しかいないから、個人写真はたったの六枚しかない。人数が少ないからか、授業風景の写真がたくさん並べられている。そのようすは、他のクラスと何も変わらない。同じ教室で、同じ制服を着て、同じ先生から授業を受けている。

【楠木《くすのき》正道《まさみち》】

名前を見たとたん、グラウンドと美術室の間に、もう一枚厚い壁が生まれた気がした。外の世界が、もっともっと遠いものに見える。

このクラスの写真、誰が撮ったんだろう。きっと、私たちとは違うやり方で撮影したはずだ。業者の人が来て、クラスごとに並んで、流れ作業のように連続的に撮ったものじゃない。

私たちなんかより、H組のみんなのほうが笑うのが上手だ。

そう思ったとき、からからから、と音がしてドアが開いた。ゆっくり開かれているから、その音は長い間続いた。

「正道くん」

振り向かなくてもわかった。正道くんはドアを誰よりもゆっくりと開ける。癖みたいだ。私はばたんと音をたててアルバムを閉じる。

「早いね」

私の方がずいぶん早かったけど、と心の中で思いながら、アルバムをケースの中にしまった。開かれたドアの向こう側から、女子の集団の笑い声や足音がかすかに聞こえてくる。合唱部の子たちだろう。懐かしいメロディを歌いながら、たまにソプラノとアルトに分かれながら、音楽室がある方へと向かっている。

「うん」

正道くんはいつも、必要最小限の言葉で話す。余計な言葉は話さない。

「ドア、閉めたら？」

「うん」

ここで初めて私は正道くんを見た。結局、卒業式の日まで少し大きめのままだった学生服から、ふっくらとしたてのひらがのぞいている。

「もう、クラスの集まりはいいの？　リンちゃんとかは？」

「だいじょうぶ。みんな帰ったり部活行ったり。楽しかった」

正道くんはそう言うと、嬉《うれ》しそうにアルバムを開いて見せてきた。正道くんは男子にしては小さいほうで、身長は私とあまり変わらない。髪の毛が真っ黒なところも似ている。言葉を丁寧に見つけるところも、絵が好きなところも私と似ている。

「あすかちゃん」

正道くんの声は小さい。声は小さいけれど、言葉はとても丁寧に選ばれているから、私はいつも安心して耳を傾けることができる。

「いつアメリカに行っちゃうの？」

グラウンドから、気持ちのいい音が飛んできた。今度は、野球部の男子たちが、最後のノックをしている。

◆

初めてこの高校に来た日、大きな橋を渡りながら、私は東棟の壁を見ていた。あれは高校一年生の九月だった。この高校は夏休みが明けたらすぐに文化祭と体育祭がある、と聞いていたから、その様子を見てもさほど驚きはしなかったけれど、東棟の壁をキャンバスにして絵を描いている生徒たちの姿に心が躍った。文化祭の企画だろうか。日本の高校でもこういうことをするんだ、と、向こうで通っていた学校のことを少し思い出した。クラス企画なのか、部活企画なのか、男子二人と女子四人、計六人で描いている。きゃあきゃあという軽い声と、スカートから伸びた足についているたっぷりとした肉の感じが、とても日本人の女子っぽい。

その中で、背が小さいほうの男子生徒は人物画を描いていた。橋の上からだと、どんな人物がどんなポーズをしているのかはわからなかった。ただこれだけ遠くから見ても、彼が一番上手なんだろうな、ということだけははっきりとわかった。

日本の学校の教室は、人数を詰め込みすぎだと思った。パッと見たときにそう思った。一つのクラスに三十六人なんて、そんな教室はカナダのどこにもなかった。

朝のホームルームで、担任の先生が私のことを呼んだ。窓際の席で時間を持て余していた私は、改めてみんなの前に出ることになった。茶色いロングヘアーですでに周りの注目を集めていることには気がついていたけれど、私は何にも気づいていない振りをしていた。

「高原さんは、小学三年生のときからこの夏までカナダに住んでいました」

お父さんの仕事の都合でこうして日本に戻ってくることになりました、と先生が続けたとき、教室を埋め尽くす七十二の目がやっと納得したような色になった。それなら髪の毛が茶色でもしかたないか。そんな声が聞こえてきそうだった。「お父さんの仕事の都合で」という言葉がついただけで、こんなにも全てが嘘《うそ》っぽく聞こえてしまうのはなぜだろう。私は他人事《ひとごと》のようにそんなことを思っていたけれど、クラスのみんなは「カナダだって」「やば、ペラペラかな」とか小声で話していた。だけどそれは、私に向けられているつぶやきではないような気がしていた。

みんな、心のどこかで、里香のことを気にしていたんだと思う。

私は登校してすぐに職員室に行って「黒に染めるのが間に合いませんでした」と言ったけれど、それは嘘だった。日本に戻ってきてからずっとすることがなくて暇だったけれど、髪を染め直そうとは思わなかった。カナダの友達が、これがあすかには一番似合うよ、と言ってブリーチしてくれた色を、日本の高校に通うからという理由で変えてしまいたくなかった。

「高原あすかです。よろしくお願いします」

私はそれだけ言って礼をして、いつもの癖で右耳に髪の毛をかけた。そのときまた少しだけ、教室の空気が波打った気がした。

「高原さん、ピアスしてるの？」

担任の方を向くと、眉と眉の間に、ぐっと影をつくっていた。

「はい」

「向こうの学校では気にしないことかもしれないけど」

担任は少し息を吐きながら言った。

「うちの高校は茶髪もピアスも本当はダメなんだからね。今日までに間に合わなかったのなら、あしたでもいいから、直してから学校に来るように」

どうして？

と、こぼれそうになった声を、私は無理やり呑《の》みこんだ。本能的に、この場所でそんな一言を口にしてはいけないと思った。

休み時間のたびにいろんな人が話しかけにきたけれど、みんな、私を「高原あすか」というよりも「カナダに住んでいた人」という存在として接してきた。英語ペラペラなの、向こうで暮らすってどんなふうなの、向こうに彼氏はいたの。私も友達が欲しくないわけではなかったので、はじめはそれなりに対応していたつもりだったけれど、どこか冷たい人だと思われたらしい。会話はさほど盛り上がることもなく、いつも休み時間が終わる前に人の波は自然となくなった。

里香が話しかけてきたのは、その日の昼休みだった。

「高原さん、あすかって呼んでもいい？　あたしのことは里香って呼んで」

がたがたと近くにあった椅子を動かして、里香は私の正面に座った。私が頷《うなず》く前に、「あの、私もいいかな？」と、もう一人の女子が加わる。

「一緒に食べない？　あと、番号交換しよ？」

お弁当と携帯を机に置くと、里香は口角を上げた。笑ったのではなく、口角を上げた。ついてきたもう一人の女子は、真紀子《まきこ》と名乗った。とりたてて特徴はなく、はきはきした里香の友達、というポジションがピッタリの子だった。お弁当を食べながら、今まで誰かにされたような質問をもう一度なぞられ続け、私は会話をすることに疲れ始めていた。口の中が乾いて、お茶を飲む回数が増えていった。

「文化祭っていつなの？」

何を話していいかわからなくなって、私はそう訊《き》いた。母が作ってくれたニンジンのサラダを、ドレッシングをかけずに食べる。

「今日が月曜でしょ？　あさっての水から金までが文化祭。三日続けて授業はなし」

小テストがない三日間なんて最高！　里香は、ね、と真紀子に同意を求めた。真紀子は「この学校ほんとうに小テスト多いから、気をつけて」と、一口サイズのオムレツを二口で食べた。

「今日だってみんなソッコーでお弁当食べて、すぐ準備の続きするみたい」「だね」

「あ、うちのクラスはケバブ売るんだよ、ケバブ」「試食おいしかったよね」

里香が何かを話して、それを受けた真紀子が、決して邪魔にならないような一言を付け加える。そんな繊細なバランスの中でこの二人は成り立っているようだった。それはわかったけれど、どうしてそのバランスの中に自分が組み込まれようとしているのかがこのときの私にはわからなかった。

「ねえねえ、あすかはさ、カナダのどこにいたの?」

「……カルガリー」

「へーえ、あたしは去年アメリカのユタにいたんだ、だから実は一コ上なの」

でも敬語じゃなくていいからね、と言って、里香は携帯を差し出してきた。「赤外線、どこ?」ストラップをよく見ると、同じものの色違いが真紀子の携帯にもぶら下がっていた。

それから里香はいろんなことを話した。自分の母親はこの高校の英語教師だということ。母の助言でアメリカ留学を決意したこと。「若いうちの一年や二年の遅れなんて、大人になったら変わらないじゃん? だから行くって決意したの」こっちに帰ってきてから、日本の男子が子どもに見えて仕方がないこと。「向こうではクラブばっかり行ってたなー。向こうは十六で免許が取れるから、元彼が運転してくれてさ」小さなころからビートルズを聴かされていたから、リスニング能力にはもともと自信があったこと。「ここも校内放送でビートルズかけるけど、いまさら意味あるのかな？」ここの英語のテストは母が作っているからか、かなり難しいということ。「あたしでも満点取れないんだもん。うちの母親マジ鬼畜だよね」

「里香ちゃんはね、この学年で、英語がずっと一番なの」

真紀子が最後ににっこり笑った。そうなんだ、そうなんだ、と頷きながら、私はひたすらニンジンを嚙《か》み砕いていた。どちらかというとガンガン話し続ける里香よりも、そうだね、ね、と笑顔で相槌《あいづち》を打ち続けている真紀子のほうが不気味だった。

ソッコーでお弁当食べて、すぐ準備の続きするみたい、と言っていた割にはなかなかみんな動き出さないんだな、と思っていると、ペットボトルのジャスミンティーを一口飲んだ里香ががたっと立ち上がった。

「よーし、じゃあみんな準備の続きやろっか！　ポスター班はこっち集合でよろしくー」

このクラスはこの子が動かしてるんだ。私はそのとき気がついた。

「ピアスも茶髪も、よく似合ってて羨ましい」

立ち上がった里香は、私を見下ろしながらまた口角を上げた。

文化祭は居場所がなかった。これまでの準備にほとんど協力していないケバブの店にいるわけにもいかず、私は「人がいそうな場所でコレ配ってきて」と里香から渡されたチラシを抱えて構内をふらふら歩いていた。里香は店となっている教室で忙しそうにみんなをまとめていて、真紀子はずっと洗い物をしていた。

私は中庭でひとり、味の濃い試食のケバブを食べた。里香から「試しに食べてみて」と言われたときは、「おいしい」と答えることしかできず、「ハイ」と大量のチラシを渡されたときだって、「うん」と頷くしかなかった。ケバブを食べたあと手を拭くものが無くて、チラシを使った。里香が中心となっていたポスター班が作ったチラシだ。どこかゆっくり休める場所を探そうと思って文化祭のパンフレットを見ていると、ある文字が私の目に留まった。

【H組　展示：壁画　場所：東棟外壁】

人物画を描いていた男子生徒のことを、私は思い出した。あの橋から見えるってことは、あっち側の壁かな。私は純粋に、あの完成品を見たいと思った。

もう使われていない立ち入り禁止の東棟は、文化祭の空気に呑まれることなく、その場に置き去りにされたようにひっそりと直立していた。周りには誰もいない。私は角を曲がった。

そこには左手に細い絵筆を握った彼がいた。

「あ」

私が思わず声を出すと、彼はこちらを見た。見つかってしまった、という表情もなく、ただ私のことを見た。

「上手だね」

なぜだかわからないけど、ためらわずに言葉が出た。「今日までに間に合わなかったの?」私が訊くと、彼は素直に「ん」と頷いた。そしてすぐに目線を壁に戻して、黒い絵の具がたっぷりとついた細筆で最後の仕上げを再開した。

私は、絵がよく見えるように、彼の背後にしゃがみこんだ。九月の風がスカートの中に入ってきて、太ももがスースーした。人混みにいるときは気づかなかったけれど、ここにいるとわかる。今日は風が強いみたいだ。私は髪の毛を耳にかけた。ひとさし指の先が右耳のピアスの裏に触れた。

橋の上から初めてこの絵を見たときは輪郭しか描かれていなかったから、人物が描かれているということしかわからなかったけれど、どうやらこれは男女が向かい合っている影絵のようだ。彼は左側にいる男の手の部分を黒く塗りつぶしている。同じくらいの背をした男女が、互いに手を差し出しあうようにして向かい合っている。二人の距離はとても近い。これ、もしかして、と思っていると、足元に置いていたチラシが風に飛ばされた。

「この、左側の男の子のほうって」

彼はこちらを振り向かなかったけど、ちゃんと聞いているんだろうな、と思った。

「きみ？」

彼は筆を止めた。

「うん」

「そっか。伸ばしてる手が左手だったから、そうかなって」きみも左利きみたいだし、と私が言うと、彼はまた、ん、と頷いた。言葉は少ないけれど、警戒されているわけではなさそうだ。そう思ったとき、チラシがまた一枚、風にさらわれていった。

「この女の人は誰？」

見えてないのは承知で、私は右側の女の人を指さした。そのとき強い風が吹いて、私の視界は髪の毛に覆われた。チラシが数枚飛んでいく音がした。

「お母さん」

ばさばさという紙が擦れる音の隙間から、夏の終わりのにおいと、彼の小さな声が私に届いた。

「もう、いないから」

風がやんで髪の毛を整えると、彼と目が合った。彼は完全にこちらを向いて立っていて、その背後で絵は完成していた。

「上手だね。美術部なの？」そう尋ねながら、私はこの展示の担当が【美術部】ではなく【H組】であったことを思い出した。

「違う」彼は仁王立ちのまま答えた。

「入らないの？」

彼は首を縦にも横にも振らない。

「美術部、一緒に入らない？」

おはようと言うように私がそう言うと、彼はまた「ん」と頷いた。足元のチラシはもうほとんど残っていなかった。

◆

勢いよくドアが開いて、「いっちばーん！」「よし、最後の準備しよ！」という高い声がした。中に私と正道くんがいることに気づくと、彼女たちはすぐ、「あっ、お疲れ様です」と姿勢を正すようにつぶやく。部の後輩だ。バツが悪そうに、カバンからそそくさと色紙のようなものを取り出している。私たちに見えないようにしているのかもしれないけれど、丸見えだ。ああ、後輩は私たち卒業生にサプライズで寄せ書きを用意してくれていたんだ。そう思うと、こんなにも早く教室を出てきてしまった自分がひどく空気の読めない存在のような気がした。

「あのー……えっと」

私たちがいる手前、準備ができない後輩たちが言い出しにくそうにしているので、私は「ごめん、出るね」と正道くんの肩を叩《たた》いた。「ほら、教室出よ」正道くんは、ん、と頷く。

廊下は部屋の中よりもひんやりとしていた。私たちは今年度のこの美術部で、たった二人の卒業生だ。同学年で最後まで部に残ったのは私たち二人だけだった。

「あの壁画さ、いつのまにかすごいことになったね」

私たちは廊下に出て、階段があるところまで歩いた。そして、同じ高さの段に腰を下ろした。

「ほら、正道くんが一年のときに描いた壁画。今じゃもう告白スポットみたいになってるじゃん」

「ん？」

「クラスの子が、あそこで告白してうまくいったって騒いでんの、何度か聞いたことある」

「ほんと？」

私は正道くんの一重まぶたを見て、「ほんと」と頷いた。あそこに呼びだされるってことは、告白されるってことなんだって。この高校に入って間もない後輩が、そんなうわさ話をしているのを聞いたこともある。

「正道くんは、卒業したらパン屋で働くんだよね」

あの橋の近くの、と続けると、正道くんはまた「ん」と言った。

「あのパン屋、よく帰りに寄ったね。あんずジャムのパンがおいしくてさ。H組のみんなが作るあんずジャム、超おいしいの」

「ココア味の長いやつも、おいしい」

「ミルクココアツイストね。正道くん、結局最後まで名前覚えらんなかったよね」

いつも長いやつって言うんだから、と笑うと、正道くんは照れたのか、ぽりぽりと眉をかいた。

「あんなおいしいパン屋さんで働くんだったら、お母さんも喜ぶよ」

「おとといあげてきた」

「何を？」

「……その、長いやつ」

「だからミルクココアツイストだって」

一度だけ、正道くんのお母さんのお墓に行ったことがある。去年の夏だった。その日も帰り道にパン屋でお気に入りを買ったけれど、正道くんは店を出てからいつもと違う方向へ歩いて行った。どうしたの、と訊いても、正道くんは答えてくれなかった。私は何も言わずに三十分以上、彼の後ろを歩き続けた。やがて私たちは霊園に着いた。「お母さん、死んだ日」正道くんは私に向かってそれだけ言うと、お墓の前でしゃがみこんだ。「これあげる」正道くんは透明の袋に入ったままのパンを墓石の前に置き、形のいい一重まぶたで、墓石に刻まれた文字をずっとずっと見ていた。正道くんは、お墓の前で手を合わせることも、目を瞑《つむ》ることもしなかった。この場所で何を祈ったってこの世界は何も変わらないことを、もうじゅうぶん知っているという顔をしていた。

「もうお店で研修とかしてるの？」

「……前行ってからはあんまり。明日からまた行くことになってる」

「前って、企業実習のときのこと？　じゃあけっこう久しぶりだね、緊張するでしょ」

「少し。だけど、がんばる。……がんばる」

正道くんは、H組のどの生徒よりも口数が少ない。正道くんと仲良くなってH組にもよく遊びに行くようになったけど、みんなもっと話すことが好きだ。だけど正道くんは、話すことが嫌いなわけではないんだと思う。きっと、正しい言葉だけを残そうとして、何度も何度もふるいにかけてしまうだけだ。

「あすかちゃんも、アメリカでがんばる？」

だから、正道くんの言葉はいつだって、本音だ。余計な部分が削《そ》ぎ落とされた、彼の核の部分だ。

「がんばるよ。ほんと、お父さんも勝手だけど。カナダの次はアメリカかーって」

「すごくすごく遠いね」

「遠いね、すっごく。向こう行ったら髪の毛バッサリ切ろっかなー。私ショート似合うかな？」

高校を卒業したら海外の大学に行くことになった、とH組のみんなに報告したとき、女の子たちはきゃあきゃあ騒いだ。あすかちゃんかっこいいー、自由の女神！と、みんなさみしさよりも先に興奮に呑まれていた。その中で、正道くんは下を向いていた。眉を下げて、何も言わずに下を向いていた。

「離れ離れになるね」

正道くんは、今も同じ表情をしている。これは、正道くんが一番真剣に言葉を受け止め、自分の言葉を探しているときの表情だ。慣れていない人は、彼が話に興味をなくしてしまったのかと勘違いをするけれど、そうじゃない。

「あすかちゃん。僕ね、ふしぎなんだ」

ふしぎ？　と私が訊き返したとき、タン、と階段のタイルが鳴った。「卒業ライブの前に何か食べよー」「うん、そうだね」という声が続けて落ちてくる。首だけを後ろに反らすと、階段の一番高いところに里香と真紀子が立っていた。私たちを見つけて、二人ともその場に立ち止まる。そうか、二人が入っている英語部は、この上の資料室を部室代わりにしているんだった。

一番上の段で立ちつくしている里香は、じっと私たち二人のことを見下ろしている。何か汚いものでも見るかのように、眉をひそめて見下ろしている。

偽善者。

里香の声が記憶の中で降ってくる。

私は目を逸《そ》らさなかった。里香が目を逸らすまで、逸らしてやるもんかと思った。

「先輩たち、準備できましたよー！　どこですかー！　時間かかってすみません！」

後輩の声が階段のところまで飛んでくると、正道くんがすっと立ち上がった。

◆

「H組？　あー、知的障害の子たちのクラスでしょ？　六人くらいの。なんか県の偉い人が実施を決めたとかで、うちの高校でもやろうってなったみたいだよ。お母さんが言ってた」

お母さんそこでも英語教えてんだよー、と里香は笑った。

「なかなか授業進まないんだって。アルファベット覚えるので大変らしいから」

校長もすごいよね、ビートルズかけたりそんなクラス作ったり。里香がそう吐き捨てると、真紀子が「そうだね」とすかさずその言葉を拾う。

文化祭が終わってすぐの実力テストで、私は英語で満点を取った。満点を取ったのは、私と、田所という別のクラスの男子生徒だけだった。

その順位表が貼り出された日、里香は私に話しかけてこなかった。その日から里香は、私に聞こえるような声で、私の茶髪やピアスを「キモい」「中二病？」と嘲ったり、英語の授業で私が当てられるたびにクスクス笑ったりした。今までたまに話しかけにきていた女の子たちも急に近づいてこなくなったときは、里香が裏で手を回しているんだろうな、と思った。文化祭の後片付けで、うちのクラスのチラシが大量に外に落ちているのがバレたのもまずかったらしい。「あいつがちゃんと配らなかったんだよ、あたしたちが時間かけて作ったチラシなのに。バカにしてんだよ」

私は正道くんとほんとうに美術部に入った。教室以外に居場所ができた気がして、私はとても嬉しかった。美術部は幽霊部員が多いらしく、毎日出ている同学年は私と正道くんだけだった。そのまま毎日一緒に帰るようになり、やがて昼休みはH組でお弁当を食べるようになった。

私以外に他のクラスからこの教室に出入りしている生徒はいないらしく、はじめはみんな、私のことを警戒していた。だけど正道くんの友達だということを説明すると、全員が私の友達になってくれた。リンちゃんは私の髪の色をきれいだと言ってくれたし、文則《ふみのり》くんはピアスを見て耳たぶが痛くないのかと心配してくれた。コレきれいだねきれいだねって毎日言ってくれる佳代《かよ》ちゃんには、私のお気に入りのピアスをあげた。佳代ちゃんは大喜びでそれをカバンにつけてくれた。

部活が終わった放課後、正道くんと橋の近くのパン屋にいると、同じ制服を着た子たちがちらちらとこちらを見てきた。私は帰国子女ということにプラスしてクラスで浮いている生徒として有名だったし、正道くんもやっぱり有名だった。私がH組のみんなと仲良くなっていくたび、里香は私のことをよく通る声でこううわさした。

あすかは偽善者。何あれボランティアのつもり?

H組に遊びに行くようになって、私は知的障害について様々なことを知った。H組のカリキュラムの中には、実際に会社で働いてみるという企業実習の他に、あんずやりんごのジャム、ハンカチなどを作る作業学習があるということ。このクラスの生徒たちは大学に進まず、ほとんどが就職するということ。障害の程度によっては、ある環境の中では独立した社会生活を営むことができるということ。正道くんの知能指数は実年齢の五割~七割程度であるため、小学校高学年程度の心のまま社会に出ていかなくてはならないということ。たまに正道くんは感情の制御が利かなくなることがあり、そんな様子を他のクラスの生徒たちは訝《いぶか》しげに見ているということ。

進級しても、私は里香と真紀子と同じクラスになった。この高校は二年から三年にかけてクラス替えがないから、三年間一緒のクラスということになる。里香は私のことを偽善者だと言い続けた。H組と仲良くして、周りからどう思われたいんだか。里香のよく通る声はちくちくと耳を刺激したが、私はもう何も気にしないと決めた。クラスが替わっても里香の影響力は絶大で、女子はもちろん男子も私に話しかけようとはしてこなかった。

そんな日々の中で、私はH組の子たちと過ごす昼休みと、正道くんをはじめとした部活の仲間と過ごす放課後だけが楽しみになっていた。美術部の仲間も私のことを変な目で見なかったし、正道くんは絵を描いているときのほうがよく喋《しゃべ》った。今年は美術部でも文化祭で何か作品を展示しようという話になり、私たちは盛り上がっていた。このころになると、逆に、居心地が悪い場所は教室だけになっていた。H組、美術室に行けば私は何も気にせず普通の高校生でいられた。

そんなとき、里香と真紀子が美術部に入部してきた。

壊しに来た、と思った。たったひとつの私の居場所を、この二人はそろって壊しに来た。

それは文化祭で出展する作品の内容が、リレーで描く肖像画に決まった次の日のことだった。みんなで内側を向いて円になり、右側の人を描きながら、そのようすを左側の人に描かれるというリレー肖像画。こうすればみんな部活に出席しなければいけないし、お互いをもっともっと見つめるきっかけになるということで、当時の部長が提案して即決された。似せて描く必要はなくて、その人から受ける印象やイメージで好きに装飾していい。カラーか白黒かも自由。すごく面白そうだね、と、私と正道くんは隣同士に座っていた。正道くんが私を描く位置だった。

里香がその間に入ってきて、「よろしくね」と座った。正道くんが里香を描き、里香が私を描くことになった。真紀子は正道くんの左側に座った。つまり、真紀子が正道くんを描く。

里香も真紀子も美術部に自然に溶け込んでしまった。里香は人見知りをしないほうだし見た目も華やかだし、真紀子はその後ろでウンウン頷いていればいいのだ。だけど私は里香とも真紀子とも一言も話さなかった。里香が先輩に向かって「あすかとは去年から同じクラスなんです」と言ったとき、円は一瞬静まり返った。私がずっと二人のことを無視していたからだ。里香はそのときまた、口角を上げた。

夏休みに入るまでに仕上げてしまおうということで、七月は週に三回、肖像画リレーのために全員集まった。私はそのたびに左半身が痺《しび》れていた。里香が私を見ていること、里香が動かしている鉛筆の黒鉛とキャンバスがこすれる音。この人が私をどんなふうに描くのか、想像したくなかった。

だけどその向こう側に正道くんがいると思ったら、左半身の痺れは薄れた。私を描く里香の姿を、正道くんが正確に描き写してくれている。そこに、この世界で一番の証言者がいてくれるという安心感があった。

正道くんの目はいつも真実を捉えている。正道くんも里香や真紀子と一言も話さなかった。彼は、里香をどのように捉えるのだろう。正しくないものを受け付けないような、純水のしずくのような瞳で。

あしたから夏休みという日、みんなで完成品を見せあおうということになった。里香は髪型を夏らしくショートカットにしていた。「下ろしていると暑いから」と言っていたけれど、私にはそれが理由だとは思えなかった。正道くんが描いた絵の通りでいるのが嫌だったんだ、きっと。正道くんの絵を見た誰かに「あれ里香でしょ」って言われるのが嫌だったんだ。

だけど、それは杞憂《きゆう》だった。

正道くんがみんなに見せたキャンバスには、私が描かれていた。鉛筆一本で、白か黒かの世界の中で、私の横顔がそこにあった。とても、とても似ていた。

正道くんは眉を下げて視線を落とした。

「見えなくて」

丁寧に言葉を選んでいるときの顔だった。

「僕の目にあなたは、映らなかった」

その日、私は髪の毛を黒く染めてピアスを外した。ずっと私に注意をし続けてきていた担任が「やっと私の教えが通じた」というような顔をしていたことだけが心残りだった。担任の説得に応じたわけじゃない。正道くんが鉛筆一本で描いた「私」を見て、けっこう黒髪も似合うかもしれない、そう思ったからだ。

◆

「正道くん?」

いきなりその場に立ち上がった姿を見て、どうしたの、と私は言った。正道くんは私たちを呼びに来た後輩たちに目もくれず、走って美術室に入っていった。「正道先輩?」そしてすぐ、スケッチブックと鉛筆を抱えて私のところまで戻ってきた。

「どうしたの、美術室戻ろうよ」

後輩がプレゼントくれるよ。正道くんは、そう言う私の腕を奪うように握って、美術室とは反対の方向へと歩き出した。思ったよりも何倍も強い力だ。

「正道くん、どうしたの？　後輩が卒業祝いしてくれるんだよ！」

正道くんはこちらを振り向かない。背後からは、後輩の呼び声と里香のクスクス笑いが聞こえてきた。

「あすかちゃん、こっち」

いつもみたいにつぶやく正道くんの黒い学生服から伸びた首は、出会ったころよりも少し太くなっているように見えた。「センパーイ！　どこ行くんですかー！」「ごめん、後で行くから！　ちょっと待ってて！」後輩にその言葉が正しく伝わったかはわからないけれど、私は大声で叫び返す。

正道くんは私の右手首をしっかりと握っている。微熱があるのかと思うくらい、繋《つな》がっている部分があたたかい。よく考えたら、二年半、一緒に絵を描いて一緒に帰って一緒にパンを食べたけれど、肌に触れるのは今が初めてかもしれない。

正道くんは運動が苦手だ。競争社会で生きていくことが苦手だ。複雑な問題を解決することが苦手だ。だけど、こうして自分が行きたい場所にはまっすぐ歩いて行くことができる。自分の好きなパンを持って、三十分近くかけて、お母さんに会いに行くことだってできる。私は、それで十分だ、と思った。目的地に向かってまっすぐに歩いて行くことができるならば、その人はきっと、大丈夫だ。

手を握ったまま外に出た。正道くんはぐんぐん進む。

「あすかちゃん、僕はふしぎなんだ」

卒業ライブに駆けこんでいく生徒たちで騒がしい中庭を横目で見ながら、正道くんに導かれるまま、私は歩く。

「ふしぎって、私は今正道くんが一番ふしぎだよ」

「僕は、ずっとふしぎなんだ」

私は気がついた。いや、気がついてはいたけれど確信した。正道くんは東棟のあの壁画に向かおうとしている。一冊のスケッチブックと一本の鉛筆だけを持って。

正道くんは、私に何かを話そうとしてくれている。言葉を探して、私に何かを伝えようとしてくれている。私はそれをちゃんと受け止めなくてはならない。

東棟の壁画の前は、誰もいなかった。体育館のドアが開かれているからだろうか、卒業ライブの演奏が漏れ聞こえてくる。

正道くんは、自分の描いた絵にもたれるようにして座った。「ん」と、私にも座るように促してくる。私たちはその場に向き合って座る。正道くんはスケッチブックを開いて、鉛筆を握った。私を見ている。何も言わないで、鉛筆を動かしている。

正道くんは私を見ている。里香を映さなかったあの日に、私は描かれている。

「正道くん、さっき、里香のこと久しぶりに見たんじゃない？」

私は髪の毛を耳にかけながら言った。そういえば、初めて正道くんに話しかけた日も、私はこの場所に座って髪の毛を耳にかけていた。あのとき髪の毛は茶色くて、ひとさし指はピアスの裏に触れていた。

二年半が経っている。

「あのあと、あの二人すぐ美術部やめて英語部行ったけど、結局私がずっと一番だったな、英語は」私は小さく笑う。「これみよがしにね、目の前で単語帳とか開いてやったこともあったな。赤シートまで使って。それで満点取るの。里香はもっと私にイラつくの」

「あのとき、僕を描いてくれていた子」

正道くんは目の動きも鉛筆の動きも止めないまま、話す。

「真紀子？」

真紀子が正道くんを描き、正道くんが里香を飛ばして私を描いた、肖像画リレー。

「あの子には、僕のキャンバスが見えていて」

あ、と口から声が漏れた。確かに、正道くんを描く位置にいた真紀子からは、里香が描かれていない正道くんのキャンバスが丸見えだったはずだ。

「そのままでいいと思うって、言われたことがあった」

「そのままでいい？」

ん、と正道くんは頷く。

体育館から爆発しそうな歓声と拍手が聞こえてきた。きっと真紀子は今、里香とあの喧騒《けんそう》の中にいる。

「真紀子が言ったの？　里香を描かなくていいって？」

真紀子は今も、里香の少し後ろに立って、ちょうどいいタイミングで相槌を打っている。いつものように。

「そのままでいいと思うって、言った」

正道くんは正確に物事を伝える。

三年間、里香の背中を斜め後ろから見つめながら、真紀子は何を思っていたんだろう。私もいいかな、と、初めて話しかけてきたころから、里香に従順な様子がどこか気持ち悪くて、私は真紀子とまともに話そうとしてこなかった。ちゃんと顔を見ようともしていなかった気がする。ひたすら口角を上げる里香の後ろで、真紀子の口角は一度も上がっていなかったのかもしれない。

三月の終わりの午後は、秋に似ている。思ったよりもあたたかくて、心が落ち着く。もっと知ろうとすればよかった。私が歩み寄れば、少しは何かが変わっていたのかもしれない。

「あすかちゃん」

正道くんが、スケッチブックをこちらに向けている。わ、と私は声を漏らす。

「これ、アメリカに行った私？」

そこにはショートカットになって、スーツのようなものを着ている私がいた。

「さっき、向こうに行ったら、髪の毛バッサリ切ろうかなって」

「うん。言った。私、けっこうショート似合ってるじゃん、これ見て決心ついたよ」

私が黒髪にしたのも、正道くんの絵のおかげなんだよ。私はその一言を言おうとして、やめた。なぜだか突然、別れのにおいがしたからだ。さっきまで、卒業とか、そういう単語を口には出していたものの、胸に迫ってくるものを感じなかった。だけど急に、喉の奥が詰まる。

髪の毛を切って、制服ではない服を着ている私の姿。アメリカに行って、今よりも大人になった私が、正道くんのスケッチブックの中で呼吸をしている。

「……あれ？」

私は思わず声を出した。

お互いに手を差し伸べあっていると思っていたこの壁画を、改めて見つめる。

「指、重なってるの？」

よく見ると、手の部分のシルエットが重なっていた。この絵を間近で見たときは正道くんがその部分の色を塗っていたから気がつかなかった。

「これってもしかして、すれ違おうとしてるの？」

「この絵って、正道くんとお母さんが向き合っている絵じゃないの?」

「何?」

「じゃないよ」

正道くんは私を見たまま言った。

「これは、お母さんと向き合っている絵じゃない」

正道くんの目に映る私と、目が合った気がした。

「二人が、別々の方向へ、歩きだす絵」

とん、と何かのボタンでも押すように、正道くんの言葉は、私の呼吸を一瞬止めた。

正道くんとお母さんは、この絵の中で、向き合っているわけではない。手を差し伸べあっているわけではない。それぞれの方向へまっすぐに手を伸ばして、歩いて行こうとしている。二人は一直線上にいるのではない。二度と交わることのない平行線上にいる。

「僕はふしぎなんだ」

正道くんはもう一度、スケッチブックに鉛筆を滑らせ始める。

正道くんは私を見ていない。私を見ないまま、大人になった私の肖像に何かを描き足している。

少しの間、正道くんは何も言わなかった。私も何も言えなかった。何を言えばいいのかわからなかった。今になってわかってきたことがたくさんあって、どう伝えればいいのかわからない。

体育館からは、さっきまでのバンドサウンドとは違って、男の子のきれいな歌声が聞こえてきた。卒業ライブなのに、楽器もなしで、ひとりで歌っているみたいだ。この曲名は何だっただろう。ビートルズの有名な曲。

私は深く大きく息をする。

「……僕はふしぎなんだ」

正道くんは、スケッチブックをこちらに向けた。

「どうして、僕の大切な人はみんな、遠くへ行ってしまうんだろう」

スーツを着た私の後ろに、背景が描き足されていた。

正道くんと何回一緒に渡ったかわからない橋。いつまで経っても覚えられなかったミルクココアツイストを、お母さんのために買っていったパン屋。

これから、正道くんが生きていくことになる場所だ。その場所を背景にして、ショートカットの私は微笑《ほほえ》んでいる。

これはアメリカに行った未来の私じゃない。

正道くんに会いに来た、私の姿だ。

「ずっと、ふしぎなんだ。みんな、いなくなってしまう」

正道くんが絵を残すのは、その人との別れを受け入れたしるしなんだ。

私は、こんなにもやさしい人は、たとえアメリカに行ったって、いないんじゃないかと思った。世界中どこを探したって、こんなにもやさしい人はきっといない。

「会いに来るよ」

体育館から、ビートルズが聞こえる。思い出した、この曲名は、“The long and winding road”だ。遠く離れたあなたのもとへ会いに行きたいという歌だ。

「大丈夫。頑張ってる正道くんに、絶対に会いに来るから」

正道くんは眉を下げて、視線を下に落としている。

「絶対に、絶対に来るから」

Don't leave me waiting here. Lead me to your door.

こぼれてくる歌声を耳で拾いながら、私は正道くんが自分の言葉を見つけるまで待っていた。そのままそこに座ったまま、ずっと、待っていた。

夜明けの中心

うわさは形を変える。

幽霊が、東棟から南棟に移動したほんの数日間のことをこんなにも鮮やかに覚えているのは、この学校でたぶん、あたしだけだ。

夜の校舎に幽霊がいる、なんていうありふれたうわさは、あたしが入学したときから、この学校の常識であるかのように語られていた。あるときから、東棟で人影を見た、とか、東棟の屋上から怪しい物音が聞こえてきた、とか、それらしい情報は季節が変わるごとにどんどん加わっていって、「校舎の幽霊」のうわさはすっかり「東棟の幽霊」のうわさに形を変えた。

だけど、うわさは形を変える。二度でも、三度でも。

幽霊が出るのって、ほんとは南棟なんじゃねえの。

あたしの右耳が初めてその言葉を拾ってしまったとき、両足の裏がその場にくっついてしまったかのように、動けなくなった。

そんなこと言うのやめなよ、と、そんなに仲良くない女子の声がした。あたしは耳をふさいだ。手を使わなくたって、耳をふさぐことはできる。

南棟の幽霊、という新たなうわさは、ほんの数日の間だけ、この学校の中を走り回った。だけど、クラスにひとりはいるやたらと正義感の強い女子なんかが、あの古びた「東棟」にうわさをもう一度くくりつけようと躍気になった。結果、東棟＝幽霊というイメージがこれまでよりも強くついてしまった。

そうしてしまうのが一番楽だったんだろう。本当はこれといった目撃談なんてひとつもない中で、見るからに怪しくて不穏な東棟は、濡《ぬ》れ衣《ぎぬ》を着せるのにうってつけの存在だった。

本当に何かが起きてしまった場所は、うわさ、なんてものにはならない。

日付が変わってから、もう、二時間以上経《た》っている。真夜中の校舎は、かくれんぼの鬼から身を隠しているみたいだ。

どこにしようか迷ったけれど、やっぱり教室のある北棟にした。いきなり南棟に入る勇気は、あたしにはなかった。土足で校舎に入っても、もう誰かに迷惑をかけるということはないけれど、一応きれいに洗っておいた靴底をあまり汚さないように、あたしは爪先立ちで北棟へと向かう。

通学路にはたくさん街灯があるけれど、高校の構内にはあまりない。中庭の真ん中に立っている背の高い電灯が、蛍を何万匹も集めたみたいに光っている。映画やマンガなんかでは、夜に訪れる学校は別世界みたいだっていうけれど、あたしが今まで学校という場所をこんなふうに真っ暗なものとして捉えてきたからか、日常の延長線上にこの学校があるふうに見えた。

中庭から、北棟の裏側にまわる。夜だからかもしれない、地面の土がいつもより硬く感じられる。卒業式を終えた高校は、もう食べられてしまったケーキを包んでいたセロファンのようだ。中身をすっぽりと奪われてしまって、力なくその場にうなだれているように見える。

窓に右手をかける。卒業式のあとに、こっそり校舎の中から開けておいた鍵。北棟の裏側の、いちばんはしっこ。どうせ夜が明けたら壊されるからっぽの校舎、やはり警備は適当だ。右手に力を込める。からから、とささやくような音を立てて窓が開いた。

薄い雲の向こう側にある月だけが、あたしの背中を照らしている。

左手に持っていたトートバッグを、先に校舎の中に入れる。投げ入れたりは絶対にせず、丁寧に扱う。中に入っているものが傾かないように、そっと、トートバッグを廊下に置く。

薄いブルーとグリーン、おそろいで買ってもらった小さなトートバッグ。いまは片方だけ、薄いブルーしかない。

いちおう持ってきた懐中電灯を点《つ》けてみたけれど、それはさすがにすこし気味が悪かったのですぐに消してトートバッグにしまう。あたしは、中庭の電灯の光を頼りに教室まで歩くことにした。四つの棟の真ん中で煌々《こうこう》と輝く光は思ったよりも強い力を持っていて、直線でできた校舎をより角ばったものとして春の闇の中に浮き上がらせている。

三年生のときの自分の教室は、いちばん上の四階にある。あたしは、なぜだか足音を殺しながら階段をのぼる。毎朝この階段をのぼることが、とてもめんどうだった。四階には、理系の教室が四つと文系の教室がひとつだけある。他の文系のクラスは三階にあるから、四階は少し空気が男っぽい。男子が多くて、教室にぎゅうぎゅうづめになる理系に比べて、文系の教室はゆったりしていて夏でも風の通りがよかった。

夜の教室って怖い。部活が終わったあと、友達の何人かはそう言っていた。誰もいない教室とかじーっと見てられなくない？　なんか見えてきそうだし、なんて誰かが言いだし、誰かがやめてよーと上履きをぱたぱた鳴らして逃げる。部活がある火曜日と金曜日、陽《ひ》が落ちるのが早い冬はいつもこんな会話になる。

だけどあたしはいま、全然怖くない。

真夜中の教室も、誰もいない校舎も、全然怖くない。だってあたしは、あの子たちがあんなにも怖がっていたものを、いま、こんなにも探している。

だけど、今日から取り壊されることが決まっている校舎には想像以上に何も残っていなくて、それが不気味だった。机のひとつもない教室はいつもの二倍くらいに広く見えるし、ロッカーはすべてからっぽで、まるで蜂の巣の断面を見ているみたいだ。気を抜いたら、夜の闇よりも真っ黒な黒板に吸い込まれてしまいそうになる。ここに圧倒的に大きな力が加わってすべてが壊されてしまうなんて、信じられない。

あたしたちの教室は、四階の一番はしっこだ。

声が聞こえてくるような気がしたけれど、そんなわけない。おはようとか、バイバイとか、飯食ったら眠いとか、もう腹減ったとか、そんな言葉たちが勝手に耳の中で再生される。

今日も鍵持ってる？

勝手に、声が蘇《よみがえ》ってくる。

教室の引き戸は少しだけ開いていた。人ひとりギリギリ通れるほどの隙間だ。あたしはトートバッグが引き戸に当たらないようにして、教室に入る。

「わっ！」

途端、大きな声を出してしまった。

「……声、けっこう響くな」

何もないからかな、と、教室の中から、低い声がした。

「駿《しゅん》？」

あたしはとっさに、懐中電灯のスイッチを入れる。まっすぐに光を向けられた先客は、「まぶし」とてのひらで目を隠し、口から何かを落とした。

「こんな時間に学校忍び込むなんて、お前、不良だな」

先客は、困ったように太い眉を下げている。

「……香川《かがわ》？」

あたしの声を無視するように、香川は「三秒ルール」と、床に落とした何かを拾う。それは、マーブルクッキーだった。白と黒が不規則に混じり合ったクッキーを、香川はぱくんと口の中に入れる。

何を言えばいいのかわからない。あたしは懐中電灯のスイッチを切る。

「……おはよう」

「おはようは違うだろ……こんばんはってのも変だけど」

香川とちゃんと顔を合わせなくなって、もう、一年近く経っている。

「もし今日誰かに会うなら、まなみだろうなって思ってた」

香川はあたしの目ではなく、あたしの右手に提げられている薄いブルーのトートバッグを見ている。さっき、思わず口をついて出てしまった駿、という音の残響が、あたしの体を痺《しび》れさせる。

クッキーのプレーンの部分が外からの光に照らされて、少し欠けた四角形だけが、暗い教室の中でやたらと明るく見えた。

「まなみ、座れば？」

◆

「駿、座れば？」

駿は立ち上がってみたり正座をしてみたりしながら、「ん？」とか「違《ちげ》えな」とかいろいろうるさい。

「駿、早く座ればって」あたしは箱に入ったマーブルクッキーをぽりぽりかじりながら言う。

「いや、防具つけてるといつもの感じじゃないからよくわかんなくて……」

みんなに見守られながら、駿は筆を手に取る。生徒会長の田所くんが「トータルハッピープロデューサー白川清子《しらかわきよこ》さん特別講演会　～あなたの性、とてもたいせつな命～」と書かれた紙を持って駿の向かい側に正座している。駿と田所くんのあいだには、まっすぐに伸びる大きな白い紙が横たわっている。

「ごめんな、部活中呼び出しちゃって。大会近いんだろ？」

申し訳なさそうにする田所くんに、いいよいいよもう片付け中だったし、と手を振ってすぐ、駿はキッと表情を引き締めた。白い紙の左側にいる生徒会の女の子も、つられて眉間にしわを寄せている。「亜弓、墨汁追加して墨汁」亜弓と呼ばれた女の子は、その表情のまま硯《すずり》の中に墨汁を追加しはじめた。真剣な顔をしながらも、みんなマーブルクッキーをくわえているから光景としてはちょっとおかしい。

剣道の防具をつけたまま筆を持つ駿の姿は、まるで習字教室の師範みたいだ。

「師範、お急ぎになって」

「うるせえ集中できねえ」

ゴールデンウィークが明けて、急に夏が近づいていたから、駿の防具姿は見ているだけで暑苦しい。陽が落ちかけたグラウンドでは、ソフトボール部の女子たちが乱れた砂を整えるためにトンボをかけている。まだ五月なのに肌はもう真っ黒だ。放課後の生徒会室はいつもよりも散らかっているように見えて、あたしは、学年一の優等生で通っている田所くんの人間ぽい部分をほんの少し垣間見た気がした。

焼きたてのマーブルクッキーの甘いにおいが、生徒会室をふんわりと満たしている。ほんとに食べていいんですか？　と訊《き》いてくる亜弓ちゃんの顔いっぱいに「おなかぺこぺこなんです」と書いてあって、料理部のあたしとしては、冷たい牛乳も調理室から持ってきてあげればよかった、と思った。

「では、まいりましょう」

駿の声に、田所くん、あたし、亜弓ちゃん、みんな頷《うなず》く。ごくん、と、亜弓ちゃんがクッキーを飲み込んだ音が響いた。

生徒会室のど真ん中に広げられた白い紙。それを囲むようにして座る四人。スペースを確保するために、机や椅子が端っこに寄せられている。

駿は幼稚園のころから習字を習っていて、その腕は学校でも有名だった。だから、校内のポスターや文化祭のスローガン、こういう講演会の垂れ幕などを作らなければいけないときは、駿に声がかかることが多かった。

「この講演会いきなり決まってさ、準備もバタバタで大変だよ」田所くんがぼそっと愚痴りだす。「こっちだっていきなり言われたって準備とかあるのにさ……」会長、見本ちゃんと持っててください、と亜弓ちゃんが田所くんを睨《にら》む。いや、この子は単純に目が悪いだけなのかもしれない。

たっぷりと墨を含ませた筆が、ふん、と紙の上で沈んだり浮いたりしている。薄くかたい筋肉に包まれた駿の右腕が、筆を自由自在に操る。

「つーか、肩書き長くね？」ハッピー、まで書いて、駿は筆に墨を付け直した。「普段何してんのこの人？」ふう、と腰を伸ばしながら駿は田所くんの持っている紙を指さした。トータルハッピー、という文字だけで、どの先生よりもきれいな字だということがわかる。

「あなたの性、とてもたいせつな命、ってサブタイトルもよくわかんないよね……」あたしもぼやく。「ていうかどうせアレでしょ、肌つやつやのおばさんがちゃんと避妊しましょうみたいな話するんでしょどうせ」避妊、という言葉に、一瞬、亜弓ちゃんが目を泳がせたのがわかった。学年が一つ下ってだけで、高校生って大人度がぐんと変わる。

「明日の六限の全校集会ってこれかー」

「終わったあとホームルームで感想書けとか言われかねないね」うっざ、とあたしが口を尖《とが》らせているうちに、駿は、プロデューサー、ととりあえず肩書きの部分を書き終えた。

「……見れば見るほどよくわからん肩書きだな」駿はまた筆に墨汁を付け直す。

「必殺技みたいだよね」

駿がぶはっと噴き出して「白」が歪《ゆが》みかけた。「おい！　余計なこと言うな！」集中しなさいよ書道は集中が大事なんでしょー、とあたしは適当なことを言いながらパンパンと手を叩《たた》く。

それから、真剣に書に挑む駿を笑わせようと、あたしたちはトータルハッピープロデューサーにまつわる大喜利《おおぎり》を繰り広げた。

「ばーか！　ばーか！　お前の母ちゃんトータルハッピープロデューサー！」

「ポーカーでロイヤルストレートフラッシュより強いのが、トータルハッピープロデューサー」

「料理人、航海士、音楽家、医者……俺たちの海賊船に足りないのはトータルハッピープロデューサーだっ！」

三つ目の田所くんの発言で駿は再びぶはっと噴き出してしまい、「命」という文字がぐにゃりと歪んだ。ああー！　と駿は頭を抱えたが、田所くんは「もうこれでいいよ、ありがとう」とさっさと道具を片付け始めてしまう。こんな文字じゃ俺のプライドが！　と駿はすがりつくが、田所くんは「墨と紙がもったいないから」の一点張りだ。

「つーかおめーら笑かすなよ！」

「そもそも防具着て習字してたあんたの姿もけっこう笑えたけどねえ」

部外者のあたしたちがわあわあ騒ぐのをよそに、田所くんはもくもくと道具を片付け、亜弓ちゃんは残りのクッキーをぱくぱくと片付けている。

そのとき、ガラッと勢いよく生徒会室のドアが開いた。

「駿いる？」

入り口には、制服姿の香川がいた。

「香川」

指についた墨をあたしの顔にこすりつけようとしていた駿が、開かれたドアを見て動きを止める。

「駿、早く防具片付けろって」

香川の髪の毛は水に濡れていて、短い前髪が束になっていた。部活が終わって、顔を洗ったんだろう。夏服のシャツの肩からタオルをかけている。

はっきりした眉が、少しだけ動いた。

「もう何やってんだよお前ら生徒会室で……いちゃいちゃすんな、迷惑だろ。顧問も怒ってるぞ。試合前なのにアイツはって」

「ごめん、俺らが頼んだんだ。だから怒らないであげて」水洗いした筆を干しながら、田所くんがやさしい声を出す。だけど香川は、駿から目を逸《そ》らさない。

「駿。お前は、エースなんだから」

剣道部の部長を務める香川は、たまにこうして、「部長」の声になる。

「あ、香川」あたしは小箱の中にまだ二枚ほど残っていたクッキーを手に取った。

「お腹《なか》空いてるでしょ？　クッキー食べる？　今日部活で作ったの」

最後のほう、余ったココア生地のみで作ったクッキーを香川に差し出す。さすがにもう冷めてしまっている。クッキーが全てなくなって、亜弓ちゃんがちょっと悲しそうな顔をした。

香川はクッキーを受け取らず、あたしから目を逸らしてドアを閉めながら言った。

「……駿、早くしろよ」

◆

「……香川、早くしてよ」

ジャー、という水道の音の向こうから、香川の「ごめん」という声が聞こえてきた。

「男子とトイレ行くなんて初めてだよ……」

申し訳なさそうに笑いながら出てきた香川は、「俺だって女子と連れションは初めてだよ。ポケットからハンカチとって」とあたしに尻を突きだしてくる。香川はけっこう細かいところがある。ハンカチを取ろうとしてズボンが濡れてしまうのが嫌なんだ。

「ひとりでトイレってのは、ちょっとさすがに怖いだろ」

真夜中の教室に突っ立ったままのあたしに、香川はいきなり「トイレ行きたいんだけど」と言ってきた。は？　と呆《あき》れた声を出すと、香川は少し照れながら顔の前で両手を合わせた。「ついてきてくれよ、怖いから」

外にまなみがいるってわかっててもやっぱり怖かったな、と言いながら、香川はハンカチをきれいに折りたたむ。

「トイレ我慢してたって……あたしが来なかったらどうするつもりだったの？」

ふたりで並んで廊下を歩くと、真夜中であることには変わらないのに、急にいつもの校舎の雰囲気が漂ってきた。やっぱり学校には、はしゃぐ男子やみんなでトイレに行く女子がいないとダメなんだ。

「そりゃ、ずっと我慢してたよ。どうせもう壊されるからって教室で立ちションはできねえよ」

別に誰も立ちションなんて言ってないでしょ、と答えて不意に、我に返りそうになる。いま生まれた会話の流れを止めてしまうと、今まで香川と何をどう話していたか、すぐにわからなくなりそうだ。

まともに言葉を交わしていなかった期間が長すぎて、どうしていいかわからない。真夜中の学校という非日常が、あたしと香川の気まずい関係をうやむやにしてくれている気がする。

「ていうかさ」

教室の中に戻ってきてもう一度座ってから、あたしはやっと、訊くことができた。

「香川、何してんの？　こんな時間に。どうやって入ったの、てか何でここにいるの？」

窓側の壁にもたれて、香川があぐらをかいている。大きめのグリーンのパーカに、ユニクロの太めのジーンズ。シルエットの大きなスニーカーがよく似合っている。廊下側の壁にもたれて座っているあたしは、いつもの制服を着ている。足を伸ばして座っているから、ふくらはぎが直接床に触れてつめたい。

「どうやって入ったかなんて、そんなのまなみと一緒だよ」

それ以外方法ないもんな、と言って香川はもうひとつクッキーを食べた。またトイレ行きたくなるよ、とあたしは心の中でつぶやく。

何もない教室は、さっき感じたよりも狭くて暗い。香川の表情がよく見えない。香川にも、あたしの表情はあまり見えていないんだろう。

「……まなみ、専門学校だっけ」

「え？」

この暗闇が、今は心地いい。

「進路。調理師の専門学校だろ？」

「栄養士だよ」

調理師はコックじゃん、とあたしがからかうように言うと、一瞬、香川が安心したように微笑《ほほえ》んだ気がした。表情はよく見えないから、気がしただけだ。

「コックになるんじゃねえんだ」

「違うよ、そんな職人の道には行かないよ」

「まなみ、料理部部長だったもんな。よくいろんなもの作って、教室に持ってきてたよな」

香川の言う「教室」が、いままさに自分たちがいる、息を止めたように静かなこの場所だとは到底思えなくて、あたしは不思議な気持ちがした。

壁に貼られていた掲示物も、カレンダーも、掃除の目標も、何もない。窓と引き戸とロッカーと黒板に囲まれたこの正方形の空間で、あたしたちはほんとうに笑ったり泣いたりを繰り返していたんだろうか。

東京に行ったり、大阪に行ったり、中には海外に留学をするクラスメイトもいる中で、あたしたちはまだ、この暗い教室から動き出せずにいる。

「……香川は？」

「ん？」

「どうなったの？ 進路」

「俺は浪人。部活引退してからやる気でなくてさ。でも寺田とかと同じ予備校だし、けっこうワクワクしてる」

香川はよいしょ、と立ち上がると、あたしに背を向けるようにして窓の外を見た。中庭を挟んだ向かいに建つ南棟も、もちろん真っ暗だ。

うっすらとした光に照らされている香川は、部活を引退してからほんの少しだけ太った。太ったといっても筋肉が脂肪に変わったという感じで、首や腕がちょっと太くなった程度だ。駿と一緒に防具をつけて並んでいたあのころよりも、青年っぽい体つきになっている。あたしは香川に触ったことはないけれど、彼の骨があのころより大きく太くなっている、ということは傍《はた》から見てもわかった。

成長しているんだな、と、他人事《ひとごと》のように思う。香川は成長している。あのころとはもう違う。あの五月にあたしを置いて、香川はこんなふうにいつのまにか大人になってしまった。

「香川、あたしの斜め前の席だったね」

香川は振り向かずに、おう、と頷いてそのまま話し続けた。

「塾帰りぐらいの夜と、真夜中って、やっぱりちょっと違うな。やっぱ今のほうが、なんか秘密めいてる感じ。悪いこととかを夜が隠してる感じ」俺たちみたいな不良を、と、香川はひとりで笑っている。

「香川のまた斜め前が、駿だったよね」

やっぱり、こういうことを聞きたくなかったのかもしれない。あたしの口から、しゅん、という音が出たとき、香川の背中に力が入ったのがわかった。

「ずっと変わらなかったよね、その席順」

何かまた、別の話題を探しているのだろう。香川は何も言わない。

あたしはいつだって、こうして香川の背中を見てきた。香川はいつも、その背中で隠してくれていた。椅子を小さく動かして、たまにちらりと後ろを見て、巧みに、細かく。

「あたしから、駿の席が、見えないようにしてくれてたよね」

香川は何も言わない。

香川はいま、あたしに背を向けて、何を見ているんだろう。向かいにある南棟を見ているのか、南棟にしみついている五月のあの日の残像を見ているのだろうか。

「……このクラス、席替えなかったんだよな。他のクラスの奴《やつ》らが誰々と隣になったとかって騒いでるの、俺、ちょっとうらやましかった」

「そう？」

「だって席替えって、大学行ったらもうないんだぜ」

もっと、誰かとクジ交換とかしてみたかったな。あたしに背を向けたままそう言う香川を見ながら、あたしは、席替えがなくてよかった、と思った。いまになって改めて思う。あたしはきっと、香川の背中があそこにあったから、この教室に居続けることができた。そこに咲くきれいな花を見ないで済んだから、あたしは今日この日までこの場所にいられた。

「……久しぶりに話せて、よかった」

机も椅子もシャーペンもノートの切れ端に書かれた手紙も何もなくなったけれど、教室という空気の中にいれば、あたしたちはいつでもこうして、会話が途切れながらも話すことができる気がした。

「香川、最後の大会、大将になったよね」

やわらいでいた香川の表情が、少し、かたくなる。

「……あのときの駿は、駿じゃなかったから」

香川の低い声は、教室の底を伝ってあたしにまで届く。

「ねえ、香川は何でここにいるの？」

香川は、窓にもたれるようにして、あたしのことを見た。こちらを向いた香川の顔が中庭からの光を遮って、香川の形をした影ができた。

ぜんぶ、はっきりと見える。ここから見えなくなったものが、ぜんぶ。

「何でって？」

香川は、あたしの足元に置いてある薄いブルーのトートバッグを見て、言った。

「まなみと一緒だよ」

◆

「まなみと一緒で！」

え～、とあたしがつまらなそうな声を出すと、駿は身をよじりながら「え～」とあたしの声真似《こえまね》をした。

「駿の好きなもの言ってくれれば、あたし全然作るのに。そんなにめんどうでもないんだよ？」いまさら気つかってんの？　と笑うと、駿はまじめな顔をした。

「だって、まなみの弁当にはまなみの好きなものが入ってんだろ？」うん、とあたしは頷く。

「なら、そのメニューは作りなれてるから、二倍も三倍もうまいわけじゃん。俺もそれ食いたいわけじゃん」

嬉《うれ》しい気も、嬉しくないような気もして、なんだか戸惑ってしまう。「でもあたしは、作りなれてないものでもおいしく作れるかもしれないわけじゃん？」「そういう問題じゃないわけじゃん」駿の言葉はいつも掴《つか》みどころがないような気がして、でも、そんな言葉に振り回されることが、ほんとは少し好きだった。

料理部の部長になったあたしは、顧問の先生から調理室の鍵を預けられていた。料理部の顧問、通称ザビエルはまさに放任主義で、放課後の部活動にもほとんど顔を出さない。だからあたしたち部員は部活動に必要な具材だけザビエルに伝えて、あとは好き勝手に料理をすることができた。あたしはいつもそこで、駿に作る弁当のメニューを試作していた。それを、「もう帰れよー」と言いに来るザビエルに試食させまくっていたからか、ザビエルはぶくぶくと太っていった。

「今日も鍵持ってる？」

昼休みになると、駿のこの言葉を合図にして、あたしたちは教室を出ていく。調理室があるのは、教室がある北棟の向かい、南棟の三階。棟同士を結ぶ渡り廊下を足早に駆けぬけて、ふたりで誰もいない調理室のドアを開ける。

あたしは薄いブルーの、駿はグリーンのトートバッグを握って。

「駿、毎日言うじゃん、あたしと弁当一緒がいいって。あたしはもっとレパートリー増やしたいんだからさあ」確かにおかずが一緒なら作業は簡単なんだけど、と、ちょっぴり本音を付け加える。

「そんなこと言って、ちょっと嬉しいくせに」

トートバッグから弁当箱を取り出して、駿はしゅるりとナプキンをほどいた。トートバッグもナプキンも弁当箱も、ぜんぶおそろいだ。駿が、付き合ってはじめてのあたしの誕生日に、プレゼントとして買ってくれたものたち。

「とりあえず弁当チンしようぜい」

調理室の鍵を持っているあたしたちの特権のひとつは、弁当を温め直せることだった。

「三十秒だぞ、三十秒」

「はじめてチンしたとき、駿、二分とか温めてパニクってたよね……」

「温める相場なんてわっかんねえよ～」

大きさの違う弁当箱をふたつ並べて、電子レンジのドアを閉める。磁石に引き寄せられるような力を感じたあと、バン、と大きな音が鳴る。強、三十秒、あたためスタート。

もともと、香川とあたしは友達だった。高一で同じクラスになって、香川を通じて駿と仲良くなった。二年生になっても三人とも同じクラスだったので、それからはクラス替えもなく、振り返ってみれば三人はずっと同じクラスだった。

「三十秒ちょうどいいっすね～」

ほこほこと湯気をたてる白飯を、駿はぱくりと頬張る。ぎゅっと同じ部屋に閉じ込められていたおかずのにおいが染みこんでいるようで、お弁当の白飯はただそれだけで味がついているような気がする。お弁当は、いろんなおかずが詰め合わせになっているはずなのに、それでひとつの「お弁当のにおい」になるから、不思議だ。

誰もいない調理室は、大きな冷蔵庫につられていつも小さく震えている。画鋲《がびょう》で壁に留められている創作料理コンテストのポスターが、開いている窓からの風に弄《もてあそ》ばれている。

「俺、三時間目、腹減りすぎて問題解けなかった」

「リーディング？　実力テストはほんっとに難しいよね、あたしもお手上げだったー」

「ま、まなみの弁当あると思ったらがんばれんだけどな」

このイカにかかってる甘辛いタレ超好き！　駿はいつもそう言うけれど、それは冷凍食品だ。だけどこの味はあたしも好きだから、いつも弁当に入れてしまう。タレ系は三十秒以上チンしてしまうと液体部分が泡立つくらいにあつあつになってしまうから、注意しなければならない。

「これ食えば、部活もがんばれそうだわ」

「そうすかそうすか」

「何、冷たくない？　そんなにテストできなかったの？」

そういうわけじゃないけど、と、答えながら、いちいちきゅんとしてやらないぞ、とあたしは心に決めていた。だけどやっぱりそこは不可抗力で、どうしても駿と話しているといちいち小さな言葉で胸がきゅっと締めつけられる。

あたしが駿と付き合いだしたのは一年の十二月ごろで、それは駿が一年生でただひとり、剣道部の団体戦のメンバーに入ったころでもあった。「団体戦のメンバーに入れたら言おうと思ってたんだ」と告白されたあたしは、すぐに香川にメールした。【駿にコクられた！】とだけ送ったあたしに、香川は【おめでとう！】と、さらに短いメールを返してきた。

甘く焼いた卵焼きを飲み込んで一息つくと、駿はペットボトルのウーロン茶をこくこくと飲んだ。冷蔵庫で冷やしておいたウーロン茶は、喉の中にある一本道を氷のかたまりのようになって駆け抜けてくれる。とても気持ちいい。冷蔵庫が使えるっていうのも、あたしたちの特権だ。

「俺、テスト週間ってけっこう好きだったりするんだよね」

あたしも、と言うと、駿はテーブルに頬をぺたっとはりつけて、「なー」と微笑んだ。

あたしは、少し温度の上がってしまった心をきゅっとつねる。

午前で学校が終わるテスト期間、駿はいつも、体育館が空いていたらバスケ、コートが空いていたらテニス、と、体を動かすことに忙しそうだった。普段剣道しかしていないから、他のスポーツがしたくてたまらなくなるらしい。女子にはわからない衝動に突き動かされて男子は生きているんだということを、サッカーボールを追いかける駿の姿を見るたびに再確認する。

ブラックペッパーをふりかけた粗挽《あらび》きウィンナーをぱくりと食べて、駿は「順位、また俺が上だろーな」と意地悪な顔をする。駿だって一緒に勉強サボってたじゃん、とふくれてみるけれど、いつだってテストの結果が返ってくると決まって駿のほうが成績がいい。

「今日、剣道部何時から?」

「三時からだって。だからそれまではフリー。みんな、飯食ったらすぐ自主練してるみたいだけど」

駿は一瞬、窓の外を見て、すぐに視線を室内に戻した。ちらりと視線を中庭に向けると、もう昼食を終えたのか、香川が剣道部の仲間と道場へ歩いていく姿が見えた。もう学生服の上を脱いで、シャツ一枚になっている。

「かーがーわー」

あたしは窓から顔を出す。香川があたしの顔を見つけて、ぐ、と眉をひそめた。

「まなみか」

「香川声ちっさーあい」

「どうせまた勝手にレンジ使ったりしてんだろ？」電気代払え、という香川に、だってあたしぶちょーだもーん、と返す。

「香川の飲みモン冷やしといてあげようかー？」

いきなり隣にきた駿の声が耳元で響いて、驚いたあたしは窓枠に頭をぶつけた。

「っくりしたなあ！　いきなり耳元で大声出すのやめてよ！」「なに、今から大声出すよ、って耳元で宣言すればよかった？」「それじゃ同じでしょうが！」狭い窓枠の中でぎゃあぎゃあ喚《わめ》いていると、いつのまにか香川は道場に向かって歩き出していた。あの後ろ姿の向こう、あたしたちに呆れたいつもの顔がくっついているのが容易に想像できる。

「あれ」

香川いっちゃった、とあたしが言うと、駿は、肉巻きアスパラガスを口にくわえたまま窓から顔を離した。

「香川、ソッコーでご飯食べて、自主練するみたいだね」

「おー」

「次、引退試合だもんね」

香川は剣道部の部長で、駿は剣道部のエースだった。香川はいつも他の部の子たちから、何でお前部長なのに副将なんだよ、なんてからかわれていた。理由はとっても簡単で、メンバー決めの校内試合で、毎回、駿が香川に勝ってしまうからだ。

「最後の試合で、香川、はじめての大将だもんね」

だけど、三年生の最後の団体戦に出るメンバーを決める校内試合、駿ははじめて、香川に負けて大将の座をゆずった。

「あいつ、強くなった」

誰よりも剣道のセンスがあると言われていた駿が、香川の努力にはじめて負けた。

「毎日自主練してたもんな。テスト期間でも、毎日」

窓から離れた駿は、その場所から道場を見ていた。駿が大将を務め続けていた道場のまるい屋根は、五月の太陽を浴びてたっぷりとふくらんでいる。

あたしも窓から離れて、からっぽになった弁当箱をふたつ、洗い始める。

「駿は自主練しなくていーのお？」

　ふざけたようにそう言って振り返ると、駿は顔だけで笑った。一年の終わり、駿が同学年でひとりだけ団体戦のメンバーに選ばれた日から、香川はひとり、自主練を始めた。一日も休むことなく、毎日、毎日。

「今年の部の目標さ、俺が書いたんだ。先輩が引退して、俺たちの代になったときに」

　水を切るあたしのとなりで、駿はつぶやく。駿の習字の腕は、いろんなポスターや目標を書くときに相変わらず重宝されている。

「一、挨拶、礼儀を大切にすること。二、自分の目標をもつこと。三、一日の稽古、一本の技を大切にすること。四、努力をおしまないこと。五、部員はライバルであり、敵は己であること」

　いっぱい書いたね、と、あたしは弁当箱とお箸をフキンで拭く。

「この言葉、みんなで話し合って決めたんだけどさ」

　うん、と、駿の声に相槌《あいづち》を打つ。

「最後のやつだけ、香川が決めたんだ。部員はライバルであり、敵は己であることってやつ」

　あいつがあ？　と意外ぶるあたしの背中に、駿の小さな声が降ってきた。

「香川は俺のこと、敵だって思ってたのかな」

「え？」

少しも予想していなかったことを言われて、あたしはマヌケな声を出してしまった。

「駿、何言ってんの」

「別に何にも言ってないっす！」

さっきの言葉をなかったことにするように、駿はばふんと音をたてて冷蔵庫を開けた。

さっき購買で買ってきたフルーツたっぷりゼリーをふたつ、取り出す。

「もう三年なんだな。部活も引退って、ホント早《はえ》ぇや」

ん、と、駿は片方のゼリーを差し出してくる。容器のまわりに小さな水滴がつぶつぶとくっついていて、ゼリーを受け取った指の腹が少し濡れた。

「引退したら、夏休みきて、あっというまに受験だな」

「そうだね」

「俺たち、大学生になるとかほんとかな？」

「ほんとでしょ、たぶん」

ぺりぺり、と口で蓋をめくりながら、駿は上目遣いであたしを見る。

「まなみ」

ゼリーの表面から、果物の味が混ざったシロップが、つ、と一滴垂れて落ちた。

「ずっとこうしてたいな」

◆

「ずっとこうしててもしかたないよな」

香川は、薄いブルーのトートバッグから、ふ、と目をそらすと、残っていた最後のクッキーを食べた。「あ、そうかゴミ箱もないのか」と、からっぽになった小さな袋を折りたたみ、それをズボンのポケットにねじこもうとしたけれど、少し迷ってやめる。クッキーの粉でズボンが汚れる、と思ったのだろう。トイレのハンカチの時といい、やっぱりこまかい。

「校舎、まわらない？　ほんとに最後だし。冒険冒険」

窓に座るように壁にもたれて、香川は言った。真夜中の教室の底を這《は》うように響く低い声が、あたしの耳に心地いい。

何も言わないあたしに、ほら、と目くばせをして、香川はゆっくりと歩き出した。あたしもその場から立ち上がって、トートバッグを右手に握る。

感じ慣れた重みが、あたしを右側に少し傾けさせる。

「この棟は教室ばっかりだし、別にもういいよな」

別の棟に行こうぜ、と歩き出す香川の背中をあたしは追う。

上履きを履いていないだけで、知らない大地の上を歩いているみたいに感じる。

「でも別の棟ってどうやって入るの？　ここはあらかじめ鍵を外してたから入れたけど」

「そんなの、ガラス割ればいいじゃん」

ガラスを割る、という言葉が香川に似合わなくて、あたしは、え、と声を漏らしてしまう。

「どうせ今日壊されるんだから。ガラス割ったところで、誰にも迷惑はかからないだろ。俺がケガするかもしれないけど」

まず香川は、あたしが鍵を外しておいた北棟の一階まで下りて、外に出た。「渡り廊下のガラス割るための、石探し」と、大きめの尖った石をいくつか見つけて、渡り廊下のある三階に向かう。てっきり「ガラスを割る」なんていうから、盛大にガシャンといくのかと思ったら、鍵のついている周辺に穴を開けただけだった。パーカの袖でこぶしを包んで、割った部分に手を通す。かしゃ、と鍵が開く音がして、あたしたちは西棟に行けるようになる。

渡り廊下は天井こそあるけれど、外に開けた空間になっている。雨が降った日は、よく駿とトートバッグを抱えて渡り廊下を駆け抜けた。降りこんでくる雨で渡り廊下は濡れて、よくすべって転びそうになった。

だけどいま、目の前にあるのは、香川の背中だ。

町の灯《あか》りはほとんど消えてしまっていて、棟の三階を繋《つな》いでいる渡り廊下から眺めると、まるで町全体が夜空になったみたいに見える。たまに灯りのついている家は星のようで、星と星を結ぶとこの町の形が星座となって浮かび上がってくる。

西棟には、体育館や各部の部室がある。

あたしはよく西棟の前で、駿が出てくるのを待っていた。

「たいてい、香川のほうが早かったよね」

「え？」

「部活終わって、部室から出てくるの。あたし、部活で作った料理の残りもの、ここで香川にもあげてたじゃん」

「そうだったっけ」香川は覚えてないな、ととぼける。

「だけど、食べてくれなくなったよね。一年の冬のころからだっけ」

香川は一瞬あたしのことを見たけれど、すぐに目をそらした。

「部室の中、見られる？」

あたしがそう言い終わる前に、香川は、「剣道部」という表札を手に取り、それを裏返した。

「鍵もそのままだ」

表札の裏側に貼り付けられていた鍵を、ドアノブの穴に差し込む。がしゃり、と金属と金属が触れ合うつめたい音がした。

中は空っぽで、真っ暗だった。駿の私物が残っているとか、においがするとか、ドラマチックなことが起きるんじゃないかと思っていたけれど、そこにはただ何もない空間が広がっていた。

あたしは携帯電話を開いて、奥の壁を照らす。

一、挨拶、礼儀を大切にすること
二、自分の目標をもつこと
三、一日の稽古、一本の技を大切にすること
四、努力をおしまないこと
五、部員はライバルであり、敵は己であること

そこには、駿の文字があった。

「ああ……」香川も携帯を取り出す。「あいつ、壁に直接書いてたんだよな。後輩たちがやめてくださいよーって抵抗する中、うるせえお前らうるせえってさらに抵抗して」

ほんと、字、うまいよな。香川の低い声が春の闇に溶ける。

「この目標の最後の部分、香川が考えたんだってね」

パチン、と音を立てて、あたしは携帯を閉じた。

「香川、最後の大会、大将になったよね」

光がひとつ消えて、駿の字がぼんやりと闇に霞《かす》む。

「……あれは、俺が大将っていうわけじゃなかったよ、本来」

香川の携帯の光が一段階暗くなり、駿の書いた文字が、ほとんど見えなくなった。文字が見えなくなった代わりに、ふいに、駿の声が頭の中で蘇った。

「香川は」

香川は俺のこと、敵だって思ってたのかな。

「駿のこと、きらいだった？」

西棟の向かいには、東棟がある。

部室を離れ、あたしたちは廊下を歩く。誰もいない真っ暗な校舎の最期を看取るように歩く。

「幽霊のうわさ、一瞬だけ東棟じゃなくなったんだよ、覚えてる？」

少し前を歩く香川に向かって、あたしはぽつぽつと話す。

「バカな男子がさ、ほんとは幽霊が出るのって南棟なんじゃね？　とか言い出してさ。

どっかの真面目な女子が、やめなよ、なんて叱って、そんなうわさする人はいなくなったみたい」

月の光が廊下に窓枠の影を作って、あたしたちの輪郭をくっきりとなぞってくれている。

うん、と、香川が頷いてくれる。あたしの話の腰を折るようなことはしない。

「あたしはね、不謹慎かもしれないけど、それでもいいから、幽霊は南棟のものになっちゃえばいいって思ったよ。みんなで、ずっとずっと南棟のうわさをしてほしいって思った。そうすれば、みんな、忘れないでいてくれるはずだから」

香川がいつも履いているスニーカーのかかとが、少し土で汚れているのが見えた。

「あたし、幽霊なんて全然怖くない」

月の上を雲が通りかかって、校舎全体が少し、翳《かげ》った。

「幽霊って、怖いものなのかな。化けてまで会いたい人がいるって、素敵なことじゃないのかな」

向かいにある東棟は、いつでも同じ空気をまとってその場所に建っている。

「怨念とかそういう思いなのかもしれないけど、あたしはそれでもいい」

どうしてこんな話をしだしたのか、そもそもなぜ香川とふたりでこんな場所にいるのか、いろいろなことがもうよくわからなかったけれど、あたしは胸と鼻と目の奥がツンとしてしまって、言葉は止まらなくなっていた。

「それでもいい、もう一回会えるなら」

不意に、前を歩いていた香川が立ち止まった。

いつのまにか、あたしたちは、南棟へと続く渡り廊下の前まで来ていた。

南棟、三階のはしっこ、調理室。

香川は振り返って、まるで睨むようにあたしを見た。

「まなみ、ここに来るために、忍び込んできたんだろ？」

制服姿のあたしは、月の光に照らされて、香川の目に見つめられて、この世界にたったひとりぼっちみたいになる。

「だからそれ、持ってきたんだろ？」

トートバッグを見つめる香川の目は、悲しいような、困ったような、そんな感情をぐるぐる混ぜてできたような色をしていた。

あたしは南棟に行きたくなかった。だから北棟の鍵を開けた。このトートバッグが軽くならない南棟での時間なんて、あたしにはどう過ごせばいいのかわからない。

「行かなきゃダメだ」

香川の右手には、このドアを開けることのできる石が握られている。

「どうする？」

◆

「どうする？」

ドアの向こう側から後輩の声がかすかに聞こえてきて、あたしは駿の顔がすぐ近くにあることを気にすることもなく椅子から立ち上がった。「え、ちゅーしないの？」スプーンが一本ずつ入っているからっぽのゼリーの容器がふたつ、調理室のテーブルの上に転がっている。スプーンの重さに耐えられなくなって傾いた容器から、甘いシロップが少し、こぼれてしまっている。

「ごめんね、コンテストの試作？」

ドアを開けると、そこには「あ、すみません」と気まずそうにしている後輩二人組がいた。

「ちょっと早めに来ていろいろレシピ試してみようかって……」

同じくらいの背丈をした二人組は、「昨日いろいろ家で考えてきて」と小さな肩を寄せ合っている。視線は、あたしの肩越しの駿に向いているのが丸わかりだ。彼氏がいる、というたったそれだけのことで、それは、あたしたち高校生にとってその人のプロフィールを全部埋めてしまうような材料になる。

「ごめんね、いっつも。あたしたち外出るから、好きに使ってね」

すみません、と、本当に申し訳なさそうな声を出して、後輩たちは小股で調理室へ入っていく。駿はもうゼリーの容器もスプーンも片付けていて、あたしの分の椅子をひとつ、廊下に運んでいた。

「できたら、俺たちにも食わせてね」

あ、はい、と後輩たちは照れたようにうなずいて、きゃっきゃとキッチンテーブルにノートを広げ始めた。

「去年、まなみ、優秀賞とってたよな。創作料理コンテスト」

駿は廊下の窓を開けて、そこに腰かけた。「危ないって」「だいじょぶだいじょぶ」背中にあたる風が気持ちいいと言って、廊下で話すときはいつもこういう構図になる。窓を開けてそこに腰かける駿と、駿と向かい合うようにして椅子に座るあたし。

「実はね、今年も、コンテスト出ようと思ってんだ」

「え、マジで？」

「このコンテストで引退って感じかな。今年こそ、目指せ最優秀賞ってことで」

じゃーん、と、あたしはトートバッグからブルーのナプキンに包まれたクッキーを取り出した。

「またクッキー？」

「またって何よまたって」今回はね……と一瞬ためてから、あたしはじゃじゃんとクッキーを目の前に掲げた。

「ジンジャークッキーです！」

「しょうがクッキーってこと？」

へー、ぱっと見フツーのクッキーみたいだな、と、駿はひとつ手に取った。じゃじゃんと登場させたわりにリアクションが薄いため、あたしは少しむなしい気持ちになる。

駿の背中越しに見える中庭の時計の針が、三時十五分前を指している。

さくっとクッキーが割れる音が聞こえて、粉がぱらぱらと落ちた。

「あ、うまい。これうまいよ」

「ほんと？　いけるかな、賞」

「でも見た目は普通のクッキーだし、インパクトはないかもな」

インパクトは確かにね……、とあたしがうつむいているうちに、駿はぱくぱくとクッキーを平らげていく。

「……そーいえばさー」

喉に詰まったのか、駿はあたしのペットボトルを奪って勝手にお茶を飲んでしまう。

「香川、駿より早く部室から出てくるじゃん」

ん？　という顔をしただけで、駿は飲み口から口を離さない。

「けっこう前はね、部活後の甘いモンはうまいな、とか言ってさ、何でも食べてくれたの」

　駿はキャップをしめ、サンキュ、と、あたしに向かってペットボトルを投げた。もうクッキーは全てなくなっていて、駿の太ももの上にはナプキンだけが置かれている。

「でもいつからだろ、あたしが部活お疲れって何か差し出しても、食べてくれなくなっちゃった」

「それ、一年の冬からじゃない？」

　え、とあたしが声を漏らすと、駿はもう一度はっきりと言った。

「冬っていうか、十二月四日、からじゃない？」

　そんな細かい日付はわかんないけど、とあたしが言い終わる前に、駿は窓の外を見ながら言った。

「俺が一年でひとりだけ団体戦のメンバーに入った日から、だと思う」

　あ、とあたしは思い出す。初めて香川がお菓子を受け取ってくれなかったあの日、確か、あたしはマフラーをしていたし、吐く息は白かった。十二月になったんだから、と、イギリスのクリスマスケーキとして有名な、プディングを作ったんだ。

「あいつその日から、筋トレのメニュー強化してたから。余計なカロリー、摂《と》りたくなかったんだろうな」

窓から風が吹き込んできた。駿の前髪が風に揺れて、一瞬、表情が見えなくなる。

「あいつ、そういうやつなんだ」

ナプキンの上に散らばっていたクッキーの粉が、風に乗って廊下に散らばる。

「だから俺、最後に負けたんだ」

駿、と言おうとしたら、強い風が吹いた。

駿のひざの上に置いてあったナプキンが、飛ばされた。

「あ」

背中を反らせるようにして、駿は腕を伸ばした。クッキーという重しがなくなったナプキンは、まるで意思でも持ったかのように、駿のてのひらを弄んで飛んでいく。

そのときだった。

「駿！　顧問が早く来いって怒ってる！」

中庭から香川の声がした。

その声に引っ張られるようにして、駿の腰が窓枠から滑り落ちた。そのあと、ブルーのナプキンが青空を背負ってふわふわとゆっくり落ちていった。

ドン、と音がした。

◆

ガチャ、と音がした。

調理室の鍵を、ポケットにしまう。

「まだ持ってたんだ、鍵」

「うん」

いつものようにドアをスライドさせると、そこはもう、あの調理室ではなかった。

「すっきりしてるね、やっぱ、どの教室もからっぽ」

調理室は、渡り廊下よりもより暗く感じる。

「何キョロキョロしてんの？」

香川に笑われて、あたしは泳がせていた視線を止めた。

「……入ったらいつも、リモコン探すんだよね、エアコンの」

夏は、たまに、上履きも靴下も脱いで調理台の上に座った。窓を開けて足をぷらぷらとさせると、風が汗の粒をさらっていってくれた。

ずっとずっと道場の床を踏みしめてきた駿の足は、どこまでも歩いていけそうなくらい、大きくてたくましかった。

「夏、たまーにリモコンが見つからないことがあって、たぶん職員室にあるんだけど、そんときは駿がイライラして大変だったなー。あいつ、暑さに弱いんだよね、普段防具とかつけてるくせに」

冬になるとまるで逆で、冷蔵庫が開けっ放しだったんじゃないかってくらい、調理室は寒かった。教室のない棟は人口密度が低く、空気がより冷たかった気がする。

「冬は、ふたりでマフラーしたまま、動き回れば暑くなるーとか言って走り回ってたんだよ。結局ほんとに暑くなって、上着脱いで冷たいお茶とか飲むの」

ほんとバカ、と、つい、笑みがこぼれる。

「エアコンのリモコンも古くてさ、強く押さないと反応しないんだよね。駿はよく振り回してたな」

想像つく、と、香川も声の調子をゆるめた。

「ここで毎日ご飯食べてね、勝手にレンジも冷蔵庫も使って」

電子レンジ、冷蔵庫。調理器具、食材。駿と並んで座った椅子、駿がジュースをなみなみとついでいたコップ、駿があついあついと顔を突っ込んでいた冷凍庫。

「もう何もないいね」

何もない。

冷蔵庫に合わせて調理室全体がこまかく振動することも、突然水道からほんの少し水がこぼれてびっくりすることも、使おうと思って窓辺に置いておいたバターが陽射《ひざ》しで溶けてしまうことも、もうない。

「なんにも、ない」

ほんの少し空気がゆるんだと思っても、またすぐ、気持ちが閉じこもってしまう。調理台が六つ、ただの塊のような顔をして並んでいる。

「俺、見てたんだ」

仄《ほの》かに光る調理室の中で、香川のくちびるだけが動く。

「卒業式のあと、まなみが北棟の鍵開けるところ」

キョロキョロしながら、いちばん端っこの窓の鍵、開けてたよな。そう言いながら、香川は立ち上がる。

「俺も、全く同じこと考えてた」

香川はゆっくり、あたしに近づいてくる。

「南棟に行きたいけど、駿は本当にもう死んだって思い知るのが怖くて……結局、忍び込むなら北棟にしようって。全く同じこと考えてた」

しんだ、という言葉の響きは、夜の闇の中ではとても不気味だった。

「俺も駿に会いたかった。会って訊きたいことがあった」

香川が、あたしの方に近づいてくる。

「……駿に謝りたいことがあった」

隣に並ぶと、香川の喉ぼとけのあたりにあたしの目線がある。

「あいつは剣道のセンスの塊だったよ」

懐かしむように、香川が言った。

「動きの良さ、目の良さ、心の強さ、誰も敵《かな》わなかった。しかも、あれはあいつの生まれ持った才能だった。俺たちが努力して手に入れられるものじゃない」

香川が話すたび、喉がかすかに震えているのがわかる。

「だから俺は、センス以外のところを努力で磨いて、大将になりたいって思った。でも、それは無理だってこともわかってたんだ。俺だけじゃない、部員みんな、わかってた」

部長だった俺がこんなこと言うのも情けないよな、と、香川が声から力を抜いたのは一瞬だけだった。すぐに元の調子で続ける。

「でも、防具をつけて向き合えばわかるんだ、駿には勝てない、俺たちが勝っちゃいけないって」

香川は一度言葉を止めた。ヴー、という、冷蔵庫の振動音が聞こえてきそうな気がしたけれど、やっぱり何も聞こえなかった。

「……だから、最後のメンバー決めで俺が駿に勝ったとき、俺は許せなかった」

許せなかった、という言葉は、あたしのお腹の中に重く響いた。あたしはこれまでの十八年間、誰かを許せなかったり、誰かに許されなかったりしたという記憶がないことに、いま気がついた。

この校舎に忍び込んで、一体どれくらいの時間が経ったのだろう。まるで、この校舎はずっとずっと前から暗闇に包まれているみたいだ。

「俺の努力で、駿に勝てるわけがない。だけど最後の校内試合で、俺が大将になった」

あたしたちが抱えている感情が、この校舎を丸ごと包んでしまっているみたいだ。

「駿は俺に、大将をゆずったんだよ」

あたしたちはその感情をもうひとりでは抱えきれなくなって、こんなにも暗くて、こんなにもさみしい場所にきた。たったひとりと、たったひとりで。

「最後くらい、部長の俺に大将をやらせようって思ったのかもしれない。だけど、そんな気遣い、俺は一番してほしくなかった」

香川の声が、揺れた。あたしは目を閉じる。

「……あのとき、ほんとうは、顧問は怒ってなかったんだ」

駿！　顧問が早く来いって怒ってる！

「あんなことになるなんて思わなかった」

あたしの瞼《まぶた》の裏側で、ブルーのナプキンが五月の青空を舞った。

「あのとき、外に背中を向けて座る駿が、クッキーを食べてるのが見えた。俺は一年生の冬からずっと甘いものも我慢して、筋トレ増やして……ちょっと、ビビらせてやろうと思っただけだったんだ」

ひら、ひら、と、雲ひとつない青空の中を、クッキーの粉をまとったナプキンがゆっくりと舞い落ちていく。

「俺があんな嘘《うそ》をつかなければ、駿は、死ななかったかもしれない」

香川の涙とともに、あたしの瞼の裏で、ナプキンが地面に落ちる。

「ごめん」

香川の声が揺れる。

「俺は」

窓の向こう、町の奥の奥のほうから、朝の先端が見え隠れしている。

「駿を嫌いだったんじゃない。まなみを好きだったんだ」

香川は俺のこと、敵だって思ってたのかな。

香川は、駿のこと、きらいだった？

五月の駿の声、さっきのあたしの声、マーブルクッキー、十二月のプディング、香川に食べてもらえなかったいろんなお菓子のにおい、駿が全部食べてくれたいろんなおかずが詰まったお弁当、そのすべてがあたしの鼻と胸の奥で混ざりあう。

「俺、あの日から何にも手につかないんだ」

香川の声は、今まで聞いたこともないくらいに、か細い。

「受験勉強しようとしても、思い出すんだ」

声の端と端をつまんで、ほんの少しでも引っ張れば、ぷつりと切れてしまうくらいに、か細い。

「試合の前、蹲踞《そんきょ》して、竹刀《しない》を構えるといつも、防具をつけた駿と目が合った。何をしようとしても、その目を思い出すんだ。その目に見られている気がするんだ。そうなったらもう、何にも集中できない」

香川は浪人すると言った。バスケ部の誰かと同じ予備校で、ワクワクしていると言った。

そんな嘘は、いくらあたしでも、すぐに見抜けた。

「駿ってね、悔しいことがあると早食いになるんだよ。付き合う前からそうだった。あたしの方がテストで良い点だったりすると、弁当一瞬で食べちゃったりさ」

駿がいなくなって、ひとりで立てないくらいに弱くなったのは、あたしだけではなかった。

「あの日、あたしの作ったジンジャークッキー、一瞬で食べちゃったんだよ。香川に負けたって話しながら」

こんな場所に来なければならないくらいに弱っていたのは、あたしだけではなかった。

「駿がわざと負けたとかじゃなくて、ちゃんと、香川の努力が、駿のセンスに勝ったんだよ」

香川は、相槌を打つことも、うなずくこともしなかった。

「駿はね、あたしが作るお弁当、絶対に残さなかったの」

だからあたしは、自然に話し出すことができた。

「味が薄くなっちゃってもね、ソースとかマヨネーズとかかけないで、そのままの味で食べてくれた」

創作料理コンテストのポスターが貼ってあったところ、Ａ４サイズの長方形の部分は陽に焼けておらず、きれいなクリーム色のままだ。

「コンテストに出すための試作品も、全部がおいしいわけないのに、いっつも残さず食べてくれた。コレは失敗じゃね、ってぶつくさ言いながらも、結局最後まで平らげるの」

だからね、と、あたしは、トートバッグからその中身を取り出す。

「何を作ってるときもね、駿が食べてくれるって思ったから、作れたんだ」

取り出した弁当箱を調理台の上に置くと、コトン、と音がした。

「あたしあの日から、何作ってもダメなの」

まるで、からっぽになってしまった調理室がどこにも飛んでいかないように、重しとして置かれているみたいな弁当箱。

「何作ってても、駿に食べてもらえないんだって思ったら、もうダメ」

言葉にすると、体があつくなった。

あたしはこの場所からいつも、この景色を見ていた。調理台、お弁当、向かいの北棟。この景色を見ながら、何度も何度も、ふたりで未来の話をした。

駿は、東京でなくても、どこか違う県の大学に行きたいと言っていた。ひとり暮らしをして、アルバイトをして、今までとは違う世界を見てみたいと言っていた。大学でも、剣道は続けるつもりだと、そう言っていた。

二人には、それぞれ、未来があった。こんな重しなんか置かなくても、どこにも飛んでいかない未来が、ちゃんとあった。

「あたし、栄養士になんてなれるのかな」

まなみが食育に携わるんなら、未来の子どもたちはみんな幸せになれるな。

あたしの話を、駿は真剣に聞いてくれた。この高校の生徒でセンター試験を受けないのはあたしを含めて一桁ほどだったけれど、駿はいろんな言葉であたしの背中を押してくれた。

「誰のために、何を作れば幸せな気持ちになるのか、もうあたし、わからない」

俺、まなみにはやっぱり食に関わる仕事、してほしいな。俺、まなみが作ってくれるご飯があれば、毎日何でも頑張れる気がする。

「制服着て、いつもみたいにお弁当作って、またこの場所に来れば、駿に会えるんじゃないかって、あたし、そんなことばっかり考えてた」

中庭の光も届かない調理室に、あたしの声が降り積もっていく。

卒業式が終わって、北棟の窓の鍵をひとつ開けた。そしてすぐに家に帰って、制服にアイロンをかけた。卒業アルバムの余白にメッセージを書いてもらうことも、誰かと写真を撮ることもしなかった。スーパーに寄って、目を瞑《つむ》ってでも買えるほど買い慣れた食材を揃《そろ》えて、たったひとりで、キッチンに立った。

「今日が最後のチャンスだって思ったの」

ふたりで通った高校、卒業、真夜中、校舎が取り壊される日。あたしが知ってるドラマやマンガは、こんな条件が揃えば、絶対に愛するふたりを会わせてくれた。幽霊でも何でもいい、神様がいるなら、それくらいのことをしてくれると思いたかった。

弁当箱をナプキンで包んで、薄いブルーのトートバッグを、引出しの奥から取り出した。ひとりで真夜中、学校まで歩いた。泣きながら歩いた。

本当はもうそのときからわかっていた。だから、通学路を歩きながら、あたしは涙が止まらなかった。

「どこにもいないなんて、わかってたよ」

そんなことはわかっていた。だけど、そんなことにすがりつかなければいけないくらい、あたしはどうにかなってしまいそうだった。

「お弁当なんか作ってきて、あたし、バカみたい」

あたしよりも早く、香川の腕が動いた。

あたしがトートバッグにしまおうとしたお弁当を、香川は自分のもとに引き寄せる。

「俺の今日の目的は、駿に謝ることだった。だけど結局、駿の代わりに、まなみが俺の話を聞いてくれた」

かたく結んだナプキンの蝶々《ちょうちょう》結びを、香川はしゅるりとほどく。

「だから今度は俺が、駿の代わりに、まなみの目的を果たす」

念入りに洗った弁当箱のスケルトンの蓋は、明け方の暗闇の中でぴかりと光った。

「……かっこいいこと言ったけど、俺、一度でいいから、まなみの作った弁当食ってみたかったんだ。ほんとはそれだけ」

かっこつけても似合わないのにな、と、香川はお箸を手に取った。レンジから取り出したお弁当のにおいが調理室じゅうに広がっていくように、朝陽が、世界の細部にまで染み込んでいく。

香川は、とても正しく箸を持つ。

「……チンすると、もっとおいしいんだよ」

はいはい、と笑いながら、茶色の箸で、香川は卵焼きをつまんだ。

「三十秒チンするのが、一番おいしいの」

砂糖をたっぷり使って作った、まっきいろの卵焼き。作りたてのときと比べると、冷めてかさが減ってしまっている。

「栄養士になんてなれるのかな、とか、そんなこともう言うなよ」

甘辛いタレのかかったイカフライ。タレの部分がふつふつと泡立ってしまうから、あたためすぎには注意。

「まなみは、立派な栄養士になれるよ」

ブラックペッパーで味つけをしてある、はちきれんばかりにふくらんだ粗挽きウィンナー。

「まなみの作ったご飯を食べて、こんなにしあわせになれる人がいるんだ」

駿がよく口にくわえていた肉巻きアスパラガス。

「駿がいなくなっても、それは変わらないよ」

あの日以来初めて、あたしは、ひとつの料理を最後まで作ることができた。

香川は駿みたいにお茶をがぶ飲みしたりしない。口の周りをぐちゃぐちゃに汚したりしない。ウィンナーに箸を刺したりしない。

「すっげえ、うまいよ」

何から何まで違うのに、同じように、おいしいと言ってくれる。同じように、あたしを未来に送り出そうとしてくれている。

「……香川、またトイレ行きたくなっちゃうよ」

「もう朝だから、ひとりで行ける」

調理室が明るくなっている。まるでこの場所から、夜が明けていったみたいだ。

かたくなっていたご飯を喉につまらせた香川が、どんどんと自分の胸を叩いている。

その音を聞きながらあたしは、この校舎から夜の波が引いていく様子を、じっと見ていた。

解説

ロバート キャンベル

『少女は卒業しない』を読みながら、わたくしはいろんなことを考えていた。豊かなイメージの連想から雲みたいなアイディアがふつふつと湧き、変化を加速させていった。朝井リョウさんの小説を読んでいるといつもそうで、一冊読み終わると、その場に居残って、主人公たちと空を見たりジュースでもいっしょに飲んで帰ろうかなという気分になる。書き手の朝井さんが、「このストーリーはそこまでだよ」、ということを冒頭でよく囁《ささや》いてくれるから、余計、その気分が強く出るのかもしれない。

人は誰しも人生に「限りがあること」を敏感に察知しなければならない。一方、まんべんなく「そこまで!」、ということをきちんと意識して生きることは、たいへん難しい。「限りあるもの」とは、たとえばどういうものか。すぐに思い浮かぶのはお金の話。あるいは、生きるうえで必要な諸々の糧《かて》のような物たち。

たのしみはあき米櫃《こめびつ》に米いでき今一月はよしといふとき

幕末に近く、越前国《えちぜんのくに》福井城下から少し離れた場所に住む歌人・橘《たちばなの》曙覧《あけみ》の「独楽《どくらく》吟《ぎん》」から引いた一首。曙覧がある日、空っぽだと思っていた米櫃を覗《のぞ》くと、ひょこっと米が出てきた、というもの。やった！ これで今月は乗り切れるぞ。そういう咄嗟《とっさ》の喜びが聞こえてくるようだ。

少し前に大学で教室の黒板にこの歌を書き出したことがある。「意味は？」と聞くと一年生はシーンとする。「どうしたんですか？」。聞くと、かなりの人は米櫃が何か分からない。

「君たちが家賃を払おうとしてATMに行きますね。カードを入れて残高をチェック。モニターに「ゼロ」が並んでいればヤバイ、となるでしょう？ そこで、もし数時間後、もう一回同じコンビニに寄って暗証番号を叩くと、ひと月分のバイト代がちゃんと入っているとします。ちょっと驚き、ほっとするよな。つまり米櫃とは、江戸の人にとってATMみたいなもので、底をつくタイミングを見すごしたり、気づくのが遅れてしまうと取り返しのつかないことが次々と起こってしまうのですね」。喩《たと》え話《ばなし》で諸君の表情は、納得した様子に変わる。

こう説明しながらわたくしは考えた。この歌人が我が家の米櫃＝生活費に「底」があること自体を、あまり真剣に受け止めていないではないか。「米が出てきた、よかった」で済む話ではあるまい。女房のへそくりでもなければあり得ないことで、これが「たのしみ」のひと「とき」というところをみても曙覧はまるで知能犯ではないか、と

(「米櫃なんか一々覗く暇ない」、と本人は答えるかもしれないが)。

「限りあるもの」はもちろん物だけではない。わたくしたちは総じて、今日この日に感じている幸せであるとか沈んだ気分が、いつまでも変わらず続くだろうと考えがちなのである。嬉《うれ》しいことも苦しいことも、その最中から見ると飴《あめ》みたいにくっついて回るようなイメージでしか捉え切れない。むかしの人はこの辺りのことも、上手い表現で表している。

「もとより喜びあれば、憂ひ有る事は環《たまき》(ブレスレット)のまはるが如く、得《う》れば失《うしな》ひ、失へば得るのことわりにして、めぐりくる事」のようなものだ、と。幕府の老中首座だった松平定信《まつだいらさだのぶ》がそうのたまう(『退閑雑記《たいかんざつき》』)。飛行機にたとえれば、安定飛行を続けるほどに慣れてシートベルトを締めるのが億劫《おっくう》になるが、緩めたとたん乱気流に巻き込まれるかもしれないから、ここは気をつけようね、ということらしい。

喜びは別として「限りあるもの」で一番分かりやすく厄介なのは、おそらく時間のことだろう。朝井さんは、小説を書くときに、誰もが痛感するごく当たり前のこの「時」の制限についてあらゆる角度から考えをめぐらせ、肉づけをし、登場する個々の人物たちをまとめてゆっくりと回るその「時」のブレスレットのなかにそっと落としていくことが得意である。

『チア男子!!』では、大学一年生の晴希《はるき》や一馬《かずま》らが率いる男子チアリーディング・チームが中心にいる。周囲のクールな視線に堪えながら練習に励み、ときには「ヒマワリ食堂」に集まって腹を満たしたりするありふれたサークル生活を通して渡り合っている。しかしすべては、一冊の最後に描かれる全国選手権の舞台に向かっている。予想通り、その日その時刻、彼らに与えられたたった二分三十秒のパフォーマンスのために、それまでに積み上げてきた各自の小さなドラマが膨れあがり、活《い》きてくる。

期限があるから人は何かに向けて背を伸ばし、働きながら心身に変化をきたす（おおかたは成長する）のだが、その流れをもっとも痛切に示す朝井さんの小説は『何者』であろう。一二月一日に解禁される就職活動。語り手である大学三年生の拓人《たくと》とその同級生仲間。いっせいにふつうの学生から「就活生」に転じ、履歴書やらエントリーシートやらを書きまくり、踏むべきあらゆる段取りを注意深く見よう見まねで踏んでいこうとする。『チア男子!!』と同じように、泣いても笑っても決まった期限内（彼らは半年）に、内定がもらえるかもしれない、もしかしてもらえないかもしれないというところで、作品は終了する。限られた時間内に根拠のまだ定まらない「自分」を作り上げなければ、内定という究極の「限定品」をけっして手に入れられないことを、彼らはよく知っている。

『チア男子!!』と同じように、と書いたが、『何者』の拓人は共同作戦で就活にいそしむように見せかけて、実は心に誰にも見られたくない後ろ暗いエリアを抱えている。

『チア男子!!』同様、仲間と集まれば缶ビールを飲みちょっとジャンキーな夜食をわいわい頑張りそうな拓人らではあるが、こちらの方には、足がすくむような厳しい結末が待っている。前作とは異質な深い影を落としているのも、人物それぞれが知っている「内定」という最後に引かれる勝ち負けの一線《デッドライン》をわたくしたちも見つめ、いっしょに足を運んでいくからであろう。

『少女は卒業しない』も群像劇である。しかし彼女たちの物語が終了するのはステージの本番であるとか、一枚の内定通知書といったソフトなきっかけではない。ふつう、三月上旬に執り行われる「卒業式」は、廃校のきまったこの小説の舞台である高校の校舎が解体されるというので、工事着手の前日三月二五日と冒頭で告げられている。やはり二重期限《ダブル・リミット》の仕掛けで学校という「米櫃」の米粒のような時間が刻一刻と流れ、ほんとうに底をつく心許《こころもと》なさや緊張感などがわたくしたちを支配する。

巻頭の「エンドロールが始まる」の舞台は、式の前日。「服装検査やカラー、パーマ禁止から解放される日」であるより、語り手の作田《さくた》さんにとっては図書室から借りた一冊の本をいよいよ返さなければならない日であることが重要だ。今日と明日の境目、そのわずかに残った時間を縫って彼女は前から静かに育んでいる図書室担当の先生への想いをきっちり「返却」しなければならない。先生を呼び出して、荷物の運び出されたがらんとした図書室でその一冊を片手に、語りかけてみる。「本を返したら、ほんとうに、さよならだ」。何とか先生に気持ちは伝えられるが、すでに「好きでした、先生」というように、「私の中にある思いは、過去形でしか伝えられない。自分で小さくピリオドを打ちこんだあとでないと、伝えられない」、そうである。建物解体というハードな期限の前に卒業式を位置づけることで、その小さな「ピリオド」が深く読者の胸に届く。「屋上は青」も、「あと三十分もしないうちに、卒業式が始まってしまう」ところから、物語は二十分、十分とカウントダウンに添って繰り広げられている。「寺田の足の甲はキャベツ」の「あたし」も、当日彼氏の寺田に早く「ちゃんと話さなきゃダメだ。あたしがこの風景に完全に突き放される前に」。「在校生代表」では近づいて式の模様を伝える時、主人公は傍観者としてではなく、在校生代表となり堂々たるスピーチを述べている（読者はその間、生徒や保護者に混じって話を「聴いている」）。

解体が迫る当日の「夜明けの中心」では、高校生活と校舎に限らず、二人にとって別種の掛け替えのないものに別れを告げなければならない。しっかりと胸にその記憶を留めるため、跡形も無く壊される建物の奥で、卒業という節目の先に広がる世界に向かって歩き始めているようにも見える。

（日本文学研究者）

初出　小説すばる
「エンドロールが始まる」二〇一〇年四月号
「屋上は青」二〇一〇年六月号（「屋上の青」を改題）
「在校生代表」二〇一〇年八月号
「寺田の足の甲はキャベツ」二〇一〇年十月号
「四拍子をもう一度」二〇一〇年十二月号（「雨上がりの四拍子」を改題）
「ふたりの背景」二〇一一年二月号
「夜明けの中心」二〇一一年九月号

この作品は二〇一二年三月、集英社より刊行されました。

写真／小野啓
本文デザイン／鈴木成一デザイン室
撮影協力／神奈川県立川和高等学校

人を応援することで主役になれる、
世界で唯一のスポーツがある。
チアリーディングに青春を懸ける“ワケアリ”男子たちは、

キュートでバカで、
最高にカッコイイ!!

チア男子!!

柔道の道場主の長男・晴希は大学1年生。姉や幼馴染の一馬と共に、幼い頃から柔道に打ち込んできた。しかし、無敗の姉と較べて自分の限界を察していた晴希は、怪我をきっかけに柔道部退部を決意。同じころ、一馬もまた柔道を辞める。一馬はあるきっかけから、大学チアリーディング界初の男子のみのチーム結成を決意した。それぞれ事情を抱える超個性的なメンバーが集まり、チームは学園祭での初舞台、さらには全国選手権を目指す！　チアリーディングの知られざる魅力も満載の書き下ろし青春スポーツ小説。

集英社文庫

少女《しょうじょ》は卒業《そつぎょう》しない

2015年 2 月25日　第 1 刷
2022年12月20日　第 7 刷

定価はカバーに表示してあります。

著　者　朝井《あさい》リョウ

発行者　樋口尚也

発行所　株式会社　集英社
東京都千代田区一ツ橋2-5-10　〒101-8050
電話　【編集部】03-3230-6095
【読者係】03-3230-6080
【販売部】03-3230-6393（書店専用）

印　刷　凸版印刷株式会社

製　本　凸版印刷株式会社

フォーマットデザイン　アリヤマデザインストア　　マークデザイン　居山浩二

ISBN978-4-08-745280-8 C0193